JN058330

「……あんたら二人は本当に仲いいんだな」
「ほら！　このクッキー美味しいでしょう？
バターの風味が絶妙ですよね！」
「……」

Contents

一章
ヒロインへの配慮が足りない
005

二章
三角関係
041

三章
学園祭
113

四章
ヒロインと階段は相性が悪い
149

五章
その忠誠は誰が為に？
193

六章
断罪は密やかに
225

七章
当たり前の世界
301

番外編
第三騎士団緊急会議
341

書き下ろし番外編
これからの二人
355

あとがき
368

ヒロインに転生したとはしゃいでいたら、実は転生悪役令嬢が主役の世界だった

一章

ヒロインへの配慮が足りない

「えっ？　……ええっ？」

それは突然の出来事だった。ある朝、目が覚めると前世の記憶が甦(よみがえ)っていたのだ。それはもう、ものすごくびっくりした。

前世の私は二十五歳のＯＬで、仕事の帰り道に車に撥(は)ねられてしまったところで記憶が途絶えている。たぶん、そのまま死んでしまったのだろう。

そして、今の私はルネ・クレメントという名の十五歳の少女だった。

姿見鏡に映るルネの姿は、肩までのふわふわな栗色の髪に、ぱっちりとした翠(みどり)の瞳とそこに影を落とす長い睫毛(まつげ)、そしてつやつやとした血色のいい小さな唇が特徴の、思わず守ってあげたくなるような庇護(ひご)欲を誘う美少女だった。

そんな今の私の姿には前世で見覚えがあった……。

『癒やしの君と恋を紡ぐ』

それは、前世でプレイしていた乙女ゲームの一つ。

希少な光魔法に目覚めた平民のヒロインが王立学園に通うこととなり、そこで出会ったイケメンの攻略対象者たちと恋の駆け引きをする。そしてその邪魔をする悪役令嬢を退けながら、ハッピーエンドを目指す王道の学園モノだ。

そのヒロインの名前がルネ・クレメントで、見た目も生い立ちもゲームのヒロインにそっくりだった。

つまり、私は乙女ゲームの世界のヒロインに転生してしまったらしい。

この世界では、希少な癒やしの力を持つ光魔法の使い手がどの国でも重宝されていた。そして私はゲームのシナリオと同じように、平民でありながら光魔法に目覚め、その魔力量の多さが国からも認められ、光魔法のコントロール方法を学ぶために特待生として王立学園に通うことが決められた。

しかし、王立学園に通えるのは貴族の子息・息女だけなので、私はクレメント男爵家の養子となり、学園に入学するまでの二年間は淑女教育を受けることになった。光魔法の使い手は王城で勤務をすることになるのがほとんどなので、どちらにしても貴族のマナーを学ぶ必要があったからだ。

そして、なんとか淑女教育を詰め込み終えて、やっと王立学園に入学する日が……前世の記憶を思い出したまさに今日だった。ちなみに、ルネとして生きていた記憶はそのままで、前世の記憶がそこに足されたような感覚だ。

本音を言えば、もう少し早くに前世を思い出したかった。ヒロインに転生した事実を受け入れる時間がほしかったのに、シナリオが開始する入学式当日の朝に思い出すのは……ちょっと慌ただし過ぎるんじゃないかな。

そんなことを思っても時間は待ってはくれない。用意された制服を見て『ゲームと同じだぁ……』と内心興奮しながら、急いで着替えて急いで準備を終えた。

姿見鏡に制服姿の自身を映すと、それはもうヒロインだった。まごうことなきヒロインだ。

（これは、可愛い……。あぁ、可愛いわぁ）

あらゆるポージングで自身の可愛さを堪能している途中で、メイドさんから朝食を取るように急かされてしまった。

朝食を済ませ、学園へと向かう馬車に乗り込む。

（ヒロイン……私がヒロインかぁ……）

テンションが上がって、ヒロインにあるまじきニヤニヤ顔を披露してしまったけれど、馬車の中は私一人だけなので許してほしい。

ゲームのヒロインに転生したことにまだ頭の中は混乱していたが、これからゲーム画面の中の人たちに実際に会えるのだと考えると、さらに浮かれてしまう。

すると、入学式のせいなのか馬車が渋滞にはまってしまい、結局私は入学式の開始時間ギリギリになってようやく王立学園へと到着した。

（そういえば、ゲームでもヒロインは入学式に遅刻しそうになってたな……）

『急がなきゃ！　入学式に遅刻しちゃう！』

そんなセリフと共に、慌てて走っているヒロインの映像が脳裏に浮かんだ。ちゃんとゲームのシナリオ通りに進んで行くんだと感心しながらも、さすがにゲーム通りのセリフを大きな声で叫びながら走るのは恥ずかしく、無言で正門をくぐる。

すると、すぐに大きな噴水が目に入った。

(ああ、これもゲーム通りの……ん?)

大きな噴水もその奥に見える校舎もゲームの背景で見た通りのデザインだったが、その噴水の前には見覚えのある生徒たちが、まるで待ち構えるかのように並んで立っていた。

その中の一人、金髪碧眼の男子生徒と目が合う。

(あれって、ブライアン王子?)

それはゲームの攻略対象者でありメインヒーローでもある、この国の第一王子ブライアン・マリフォレス。

(おおおおお! すごいっ! ゲームのまま!)

キラキラとした美貌はまさに王子様のそれで、柔らかな金の髪にアイスブルーの美しい瞳を持つ、ため息が出そうなくらいの美形だ。ゲームの中のキャラクターが三次元で存在していることに興奮が止まらない!

(ブライアンとの出会いはこの噴水の前だっけ……)

たしか、転んでしまったヒロインにブライアンが声をかけるシーンがあったな……と、ゲームの内容を思い出したが、どうにもブライアンの様子がおかしい。いや、ブライアンだけではなく、なぜか噴水の前には他の攻略対象者たちや悪役令嬢らしき人までもが勢揃いだった。

そして、皆が私に視線を向けていることに気付き、思わずその場で足を止めた。

「この女が？」

ブライアンは眉根を寄せながらそう言ったあと、私の姿を観察するようにじろじろと不躾なな視線を送る。対する私はどうしたらいいのかわからず、その場に立ち止まったまま固まっていた。

「ふっ……」

ブライアンは軽く鼻で笑いながら唇の端をつり上げる。

「アデール、安心するといい。私はこの女を見ても何も感じることはなかったよ」

ブライアンはそう言いながら、今度は柔らかな笑みを隣の令嬢に向けた。

アデールと呼ばれたその令嬢は、ストレートの長い銀の髪に深い海のような青の瞳を持ち、肌は白く、長い手足に出るところはしっかりと出ている羨ましい体型。

そんな彼女は不安げな様子で私にチラチラと視線を送っている。

（…………んん？）

その様子に思いっきり違和感を感じるが、それを口に出す間もなく、ブライアンは再び私に視線を向ける。

「ルネ・クレメント男爵令嬢。君がこれから我々に対してどのように行動し、どのような策を弄しようとも、私の婚約者はこのアデール以外は考えられない！」

「…………は？」

いきなりの婚約者続投宣言に、私の頭上にはたくさんの疑問符が浮かんだ。

そんな私に向けられたアイスブルーの瞳は冷え冷えとしており、その態度とゲーム画面の彼がヒロインに向けていた柔らかな表情とのあまりの違いに驚愕（きょうがく）してしまう。

「今後、我々には二度と近づくな！　いいな？」

そして、なぜか私には絶縁宣言が叩（たた）きつけられた。

これでは、まるで……私のほうが悪役令嬢みたいじゃないか。

「アデール、これで安心できたかい？　さあ、行こう。入学式が始まる」

「本当に無駄な時間でしたね」

「ね？　だから言ったでしょ？　僕たちがアデール嬢を裏切るはずがないって」

「おい、あまりアデール嬢に近づき過ぎるな」

ブライアンは甘ったるい口調でアデールに声をかけ、他の攻略対象者たちも口々にコメントを述べながら、言いたいことだけを言って一行は立ち去ってしまった。

（えーっと、今からゲームが始まるんだよ……ね？）

それなのに、どう見ても私に対して敵意があるような……いや、敵意しかない様子の攻略対象者たち。

（あの人たちを攻略するの？　……普通に考えても無理じゃない？）

残された私は、馬鹿みたいにその場に立ち尽くすしかなかった。

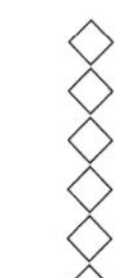

入学してから二週間が経った。今日も私は誰もいない裏庭のベンチで、一人昼食を食べている。

ここは中庭と違ってあまり手入れがされておらず、食堂からも離れていて、人目を気にせずに休憩ができる絶好の場所だった。

入学初日のブライアンの絶縁宣言。あの時は突然のことにただ呆然とするばかりだったが、時間が経つにつれて冷静になると、気付いたことがいくつかある。

まず、悪役令嬢アデールの見た目がゲーム通りではなかった。

ゲームではもっと派手なメイクに派手な巻髪のザ・悪役令嬢スタイルだったのだが、実際の彼女はストレートの落ち着いた髪型に薄いナチュラルメイクで、体型はゲームのままだったが雰囲気は清純そのものに変わっていた。

そして、ブライアンや他の攻略者たちのアデールに対する態度から、間違いなく彼らとの関係も良好だとわかる。

このようなパターンに私は心当たりがあった。それは、小説や漫画でよく見かける設定で、乙女ゲームの悪役令嬢に転生してしまう主人公の物語。

だいたいが幼い頃の悪役令嬢に転生してしまい、断罪フラグを折るためにゲーム開始までになんやかんや努力して、結局は、攻略対象者と転生悪役令嬢が結ばれてヒロインよりも幸せになりました。……と、いうやつだ。

……わかる。もし、悪役令嬢に転生してしまったなら、断罪から逃れるために私だってゲームが始まる前から奮闘するだろう。

だけど、今回はヒロインである私も転生者だ。しかも、元平民であり入学式の朝に前世の記憶を取り戻した私は、公爵令嬢であるアデールとは違い、学園に入学するまでは王族や高位貴族である攻略対象者たちに関与することはできなかった。

つまり、私はまだ何も彼らに関わるような行動をしていない。

(それなのに、もう終わってしまった……?)

『ゲームの強制力が働いて、彼もヒロインに惹かれてしまうんじゃ……?』とか、『ヒロインもこのゲームを知っている? まさか、彼女も転生者なの?』とか……そんな、なんやかんやを乗り越えて、転生悪役令嬢と攻略対象者が最終的に両想いになり、逆にヒロインがざまぁされたりするんじゃないの?

どうやら、学園でのなんやかんやの部分が始まる前に、攻略対象者たちは転生悪役令嬢にしっかり攻略されており、私の出番は必要なかったらしい。

そして、アデールも攻略対象者たちも私よりも上級生で、すでに学園での彼らの評判は上々。私が入学するまでの間に、しっかりとアデールの足場は固められていた。

だから、ヒロインである私は、入学しただけなのに絶縁宣言をくらって終わり。まさかの出オチ。転生悪役令嬢が有能過ぎるとこんなことになってしまうのか……。

そして、そんな絶縁宣言が行われたのは学園の噴水前という、生徒たちの目のある場所。遅刻ギリギリだったとはいえ、他にも生徒たちがそれなりにいた。

そのため、第一王子にあんな宣言をされた私は、クラスメイトたちに距離を置かれ、校舎内を歩いているだけで多くの好奇の視線に晒され、こちらを見ながらヒソヒソと囁かれる声にげんなりする学園生活を送っていた。

「はぁ……」

私は盛大なため息と共に俯いた。

なぜ、このような仕打ちを受けなければならないんだろう。

（一応、ヒロインなんだけど……）

いや、ヒロインだからこそ、この仕打ちなのか。

転生悪役令嬢が主人公の世界では、ヒロインは当て馬役に成り下がる。

（せめて、私がヒロインムーブをかましてからにしてほしかったな……）

おそらく、アデールは前世の記憶――攻略対象者たちがこの学園でヒロインに陥落されるゲームの内容を、ブライアンたち攻略対象者に打ち明けているのではないかと思われる。

だから、ヒロインである私を待ち構えて、有無を言わさずに絶縁を言い渡したのだろう。

ヒロインに出会ってもアデールへの愛は変わらなかったと証明し、愛(いと)しい転生悪役令嬢(アデール)を安心させるために……。

気持ちはわからなくもないけれど、愛を証明するならもうちょっと他の方法にしてほしかった。

（なにも、入学式にあんな場所で言わなくても……。後日個室にこっそり呼び出すとかさぁ……）

当て馬ヒロインに対する配慮があまりにも足りていない。

おかげで友達を作るどころか、クラスメイトたちには遠巻きにされ、誰からも話しかけられない。こちらから声をかけようものなら目を逸らされ、曖昧な返事と共にすぐに逃げられてしまう。

今日はクラスで委員を決めたのだが、皆が友達同士でどの委員にするのか盛り上がる中、女子の中であぶれてしまった私に、一部の女子生徒たちからの密やかな嘲笑が浴びせられた。

結局、同じく男子の中であぶれた、おとなしそうな眼鏡の男子と二人で図書委員をやることになった。ただ、内心はどうであれ、私に対して眼鏡の男子が普通の態度を取ってくれたことだけが救いだった。

そんな毎日の学園生活に苛立ちだけが募っていく。

そもそも、私はこのゲームをプレイはしたが、特別な思い入れがあったわけでも、沼るほどの推しキャラがいたわけでもなかったのに……。

「ほんとにクソだわ！」

苛ついていた私は、俯いたまま右足の踵で地面を軽く蹴りつけた。

「すごい言葉だな」

すると、頭上から男性の声が降ってくる。驚いて反射的に顔を上げると、目の前には背の高い男子生徒が立っていた。

制服のタイの色で彼が三年生であることがわかる。

パッと見は背も高くスタイルはいいのだが、天然パーマの濃紺の髪は全体的に長く、前髪で目元も隠れてしまっている。それに黒縁の眼鏡も相まって、なんだかもっさりとした野暮ったい印象を受けた。

「隣、いいか？」

「えっ？　あ……はい、どうぞ」

突然のことに、私は軽くパニックになりながらもそう答えた。

「ありがとう」

彼はお礼を言ったあと、きちんと私との間に一人分の隙間を開けて、隣へと腰を下ろす。

貴族の男女は例え婚約していたとしても、公の場で触れ合うことを良しとしない。私も、その辺りの貴族のマナーは淑女教育で学んでいた。

「何か嫌なことでもあったのか？」

「ええっと……」

どう考えても、先程のクソだわ発言に対しての質問だった。まさか聞かれていたとは……。

「ああ、俺の名前はフィル・ロマーノだ。君は？」

「ルネ・クレメントです……」

そのまま、フィルは前髪で隠れた眼鏡の奥からの視線で私に続きを促した。先程の質問に答えろということだろう。

「ちょっと陰口と言いますか、根も葉もない噂が流れてて、うんざりしていたので……」

さすがに初対面の人に全てをぶちまけるわけにはいかないので、多少は濁した。だが、まるっきり嘘は言っていない。

「噂か……たしかにうんざりするな。それでさっきの言葉か？」

「……お聞き苦しい言葉を申し訳ございません」

さっきの言葉と言われて、ここは貴族が通う学園であること、つまりフィルも貴族であることを思い出し、慌てて言葉遣いを正した。

二年間の淑女教育を実践するはずの学園でほとんど誰とも会話をしておらず、また彼がフランクな口調で話しかけてきたこともあり、すっかり油断していたのだ。

「ははっ、そんな言葉遣いは今更だろ」

「……たしかにそうですね」

「まあ、貴族の令嬢が使うにしては、かなりインパクトのある言葉だったけどな」

「……もともと平民でしたので」

いや、平民でも、あれは口が悪い。私のせいで平民全体のイメージを下げてしまったかもしれない。

「そうだったのか。何か事情があってこの学園に？」

彼は学園中に広がる私の噂を知らないのかと少し不審に思ったが、わざわざ自分の悪い噂を知らせる必要もないかと思い直し、この学園に通うことになった経緯を説明する。

「じゃあ、二年間で淑女教育を全部詰め込んだのか？」

「ええ、頑張りましたよ」

私は胸を張って答える。それは前世の記憶を思い出す前だったが、スパルタな教育にひたすら努力して、努力して、時々手を抜いて、バレて怒られた。

「それは大変だったな」

「……っ！」

そんな労り(いたわ)の言葉に胸の奥がじーんとなり、彼への好感度が急上昇した。我ながら単純だとは思うけれど、この学園で私の話を聞いてくれる人は誰もいなかったのだ。

学園に入学するまでのルネの生活は、ゲームでは語られなかった裏側の部分。けれど、そこには二年間の努力がたしかに存在したのだ。

（まあ、頑張ったのに当て馬なんだけどね……）

ちょっとだけ虚しい気持ちがニョキッと顔を出す。けれど、今は話を聞いてもらえて幾分かは心が軽くなった気がする。

「あの、話を聞いてもらえてスッキリしました！　ありがとうございます。ロマーノ様」

「別にたいしたことじゃないから。あと、フィルでいい」

名前呼びを許されるのは親しくなれた証拠でもある。ついに、この学園で私にも親しい友人ができたのだ。

「じゃあ、私のこともルネと呼んでください！」

「ああ。……ルネはいつもここに？」

「はい！　天気がいい日はここで食べてます」

その後も軽く雑談をしながら共に食事をし、昼休みが終わる時間が近づくと挨拶をして別れた。

その出来事をきっかけに、昼休みの裏庭に度々フィルが現れるようになった。

毎回ベンチに並んで座り、雑談をしながら一緒にランチを食べる。ただそれだけの関係だが、私にとってフィルと過ごす時間は、針の筵(むしろ)のような学園生活の中でいい息抜きとなっていった。

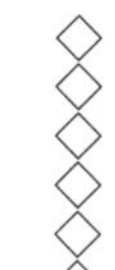

今日は陽射しが暖かく、外でランチをするにはもってこいの気候だ。近くの木の上には、尻尾をだらりと下げた黒猫が気持ちよさそうに微睡(まどろ)んでいる。

そして私の隣では、フィルが食べ終えたランチボックスを片付けていた。相変わらず食べ終わるのが早い。

フィルはロマーノ伯爵家の次男だという。ロマーノ伯爵家は元々が医師の家系で、特に彼の祖父は腕利きの医師として有名であることから、前国王陛下の主治医を務めていたそうだ。

私は雑談がてら、フィルの家族について聞いてみた。

「フィル先輩のお父様もお医者様ですか？」

「いや、父は薬のほうに興味を持って、今は薬師として王城に勤務している。兄は祖父に憧れて医師を目指して修行中だ」

「ふぅん。じゃあ、フィル先輩は？」

「俺は精神科医(カウンセラー)を目指している」

「精神科医(カウンセラー)……？」

この世界に精神科医（カウンセラー）という職業があることに驚く。

「町の診療所で精神科医（カウンセラー）なんて見たことありませんけど……？」

「この国の精神科医（カウンセラー）は、ほとんどが貴族相手だからな」

このマリフォレス王国は百二十年ほど前まで他国と戦争をしていた。その頃に、戦いから傷付き帰ってきた兵士たちの精神面をフォローする、精神科医（カウンセラー）という職業が確立されたという。戦争が終わってからは、貴族たちの精神面をフォローする役割へと変わっていったそうだ。

たしかに、貴族なんてストレスフルな世界だよなぁ……と、前世で階級制度のない世界を生きていた私は他人事のように思う。

そして、平民は怪我や病気ならともかく、わざわざお金を払ってまで精神科医（カウンセラー）に治療を求める人はいないらしい。その代わり、教会にある懺悔（ざんげ）室が似たような役割を果たしているそうだ。

誰かに話を聞いてもらえるだけで人の心は軽くなるのだとか……。と、ここまでフィルの話を聞いて、気付いてしまった。

「まさか、フィル先輩が私に声をかけてくれたのって、精神科医（カウンセラー）としてですか？」

「んー、半分は当たりだな」

「なんと、私をカウンセリングの実験台にしていたんですね？」

「人聞きの悪い言い方するなよ。せめて練習台と言え」

「どうりで聞き上手で話しやすいと思いましたよ！」

「………そうか」

フィルはぶっきらぼうな口調ではあるが、それが私にとっては親しみやすく、気楽に会話ができるのだ。

（カウンセリングの練習台だったのか……）

それが本当ならこんなに有り難いことはない。彼の言う通り、雑談の流れで愚痴を少し聞いてもらって、楽になったことが多々あったからだ。

しかし、そんなフィルに対して一つの疑念があった。

『癒やしの君と恋を紡ぐ』の攻略対象者は四人。第一王子のブライアンに、宰相の息子、騎士団長の息子、魔術師団長の息子という、この国の権力者たちの息子だ。ブライアン以外の名前は覚えていない。

彼らとは入学式の日に噴水の前で対面したので、四人共が転生悪役令嬢によって攻略済みだと判断している。

けれど、乙女ゲームの世界では、メインの攻略対象者たちとは別に『隠れ攻略対象者』というものが存在することがある。

だいたいが、ゲームを完全攻略したあとや、特定のイベントをクリアすることで新たなストーリーが開放され、そこで隠れ攻略対象者との物語が始まるのだが……。

実は、私はこのゲームの隠れ攻略対象者が誰なのかがわからない。なぜなら……途中でやめてしまったからだ。面白そうだと思い購入し、とりあえずメインヒーローっぽいブライアンを攻略している途中でやめてしまった。

なんというか、私には刺さらなかったのだ。こればかりは好みの問題なので仕方がない。

だから、この聞き上手なフィルが実は隠れ攻略対象者で、結局は転生悪役令嬢の味方になってしまうのではないかと不安だった。当て馬ヒロインに転生した私にとって、攻略対象者はもはや敵でしかないのだから。

私はちらりと隣のフィルの顔を盗み見る。もっさりとした目元までを覆う前髪に、デカい黒縁の眼鏡……怪しい。実に怪しい。

これは、眼鏡を外して前髪を上げたら実は美形でしたのパターンじゃないの？

それで美形だったら攻略対象者なんじゃないの？

「そういえば、最近はどうなんだ？」

すると、フィルがそう言いながらこちらに顔を向けてきたので慌てて目を逸らす。

「あー、まあ、ぼちぼちです……」

「ぼちぼち？」

彼が聞きたいのは私に対しての噂や、周りの生徒たちの態度のことだろう。入学してから一ヶ月以上が経ったが、変わらず遠巻きにされている。ただ、最近はそれに輪をかけて、主に女子たちからの陰口というか、当たりが強くなってきた気がする……。

「なあ、前から思っていたんだが、殿下たちにこんな扱いを受ける理由に心当たりはないのか？」

「それは……」

「もし心当たりがあるなら、解決できるように俺も少しは考えてやるから」

「…………」

　フィルは味方なのだろうか？

(味方であってほしいな……)

　そんな思いから、私は彼が隠れ攻略対象者か否かの確認をすることを決意した。

「実は、殿下たちの態度に心当たりはあるんです」

　私の言葉にフィルは息を呑む。前髪と眼鏡の奥に隠れたそんな彼の瞳に、私は視線を向けた。

「知りたいですか？」

「……俺が聞いても大丈夫なのか？」

　自分から聞いてきたくせに、気遣うようなフィルの言葉に少し笑ってしまった。

「でも、これは私にとって秘密をバラすようなものなので、フィル先輩も秘密を一つバラしてくれるなら話しましょう！」

「秘密？」

「眼鏡を外して前髪上げて、はっきりしっかりくっきり顔を見せてください！」

「…………」

私は勢いよく言ってみた。

「そんなふうに隠されると気になるんですよ」

「…………わかった」

フィルの重々しい返事に、私はごくりと喉を鳴らす。どんな美形が出てくるのかと、期待で胸がドキドキしてしま……いや、美形が出ると隠れ攻略対象者決定だ。カモン！ モブ顔！

フィルは無言で眼鏡を外すと、その長い前髪をかき上げる。そこには、右の眉尻から右耳にかけて火傷の跡のようなものがあり、今まで眼鏡と前髪で隠されていた瞳は切れ長の榛色で、つまりは……。

「なぁんだ、普通の顔じゃないですか」

「…………おい、失礼だろうが」

「もったいぶるから、どんな美形が出てくるのかと思ったんですよ」

フィルの素顔は美形ではなく、モブ顔でもなく、ほんとに普通のさっぱりとした塩顔だった。

私は安堵の気持ちでいっぱいになったが、フィルは少し浮かない顔をしている。

「火傷の跡について触れないのはわざとか？」

「ああ、やっぱり火傷の跡だったんですね。痣かなぁ、どっちかなぁ……とは思いましたよ」

「それだけか？」

「それ以外に何かあります？」

やはりフィルは困ったような、なんとも言えない表情をしている。

「もしかして、その火傷の跡を気にして隠してたんですか？」

「……まあ、そういうことだ」

子供の頃に火魔法で遊んでいたら、コントロールに失敗して自身の髪に燃え移ってしまってできた火傷の跡だそうだ。

頭皮部分の火傷跡は髪が生えたら目立たなくなったが、眉尻から耳にかけての跡は目立ち、それを同じ年頃の子供たちに揶揄されたこともあって隠すようになったと、彼は説明してくれた。

「当時の光魔法の使い手にも、火傷の跡は消せないと言われた」

光魔法は傷を塞ぐことはできても、その傷跡を消すことはできないと言われている。ちなみに、光魔法で病気は治せないので、この世界での内科は医師、外科は光魔法だと私は勝手に解釈をしている。

「うーん、隠したいのなら隠したままでもいいと思いますけど……。いっそのこと見せてしまったほうが楽じゃないですか？」

「見せる？」

「子供は見たままを口に出しますけど、さすがにこの年齢で火傷跡を揶揄う人はいないと思いますよ？」

「まあ……たしかに……」

「それに、人ってけっこうすぐに見慣れますし」

これは私の持論だが、人はそれほど相手の顔を見ていない。

前世の学生時代は一重まぶたがコンプレックスだった私は、毎朝懸命にアイプチで二重まぶたを作り出していたが、寝坊で仕方なく一重まぶたで登校しても誰も気付いてくれなかった。

そんなものだ。

「…………」

フィルは無言のまま、不思議そうな顔で私のことを見つめている。

その時、私はもう一つ彼に聞いておかなければならないことを思い出した。

「そんなことより、フィル先輩に聞きたいことがあったんです」

「おい、そんなことって言うな」

フィルのクレームを聞き流し、私は本題に入った。

「フィル先輩って……実は、帝国の第三皇子だった！　とか言いませんよね？」

「は？」

フィルは美形ではなく普通の塩顔さんだったのでおそらく大丈夫なのだが、念には念を入れて確認をしておかなければならない。

少し前に、帝国の第三皇子の美貌は有名でしかも文武両道で……と、かなりのハイスペックであるという噂話を聞いた。

(これは……あれじゃない？　他国の皇子がお忍びで留学してるやつじゃない？)

私はその皇子が隠れ攻略対象者である可能性も考えていた。つまり、実はフィルが変装した第三皇子なんじゃないのかと疑ってもいたのだ。

「魔法で姿を変えているとか……ありません？」

「なんだ、変な妄想癖でもあるのか？」

「違いますよ」

「それとも、美形だと有名な帝国の第三皇子が好みなのか？」

「それはもっと違います。帝国の第三皇子なんかより、フィル先輩の顔のほうがよっぽど好みです」

攻略対象者なんかより、フィルのほうが素敵だと胸を張って言える。まあ、第三皇子の顔は知らないけど。

「……普通って言ったくせに」

「普通が一番ですよ」

私の言葉に、フィルはなぜかそっぽを向いて眼鏡をかけてしまう。どうやら私の突拍子もない話に呆(あき)れてしまったようだ。

しかし、これでフィルが実は隠れ攻略対象者説が完全になくなった。私の心の中はスタンディングオベーションだ。

「で、俺の秘密をバラしてやったんだから、お前も話してみろ」

私は自身の憂いがなくなりスッキリしていたので、自分の秘密を暴露する約束をすでに忘れていた。

「……え？」

「自分で言い出したくせに、今初めて聞いたみたいな顔やめろ」

誤魔化せなかったので、仕方なく前世も含めたこの世界の話をし……ようとしたらチャイムが鳴った。結局、この話はまた明日にということでお開きとなった。

sideフィル

「うおっ！　フィル？」

教室に入るなり、バートが驚いた表情で俺の名前を叫んだ。他のクラスメイトたちも同じように驚いた顔で俺に視線を向けている。

「おはよう」

俺はバートにそう挨拶をすると、そのまま自分の席へと向かう。すると、バートが慌ててこちらに近寄ってきた。

「なあ、髪どうした？　あっ！　眼鏡も！」

俺が黙ったまま自分の席に座ると、バートは俺の前の席に勝手に座ってこちらに体を向ける。

「で、イメチェン？　失恋？」

「……その二択しかないのか？」

バートは昨年も同じクラスで親しくなった友人だ。

水色の髪に茶色の瞳を持ち、明るくて人当たりもよく、外見から暗い印象を持たれがちな俺にも臆することなく普通に声をかけてくれた。

「いや、だってお前……こんなにばっさりと髪切るからさぁ」

バートが驚くのも無理はない。俺だって、自分自身の行動に驚いているのだから。

『うーん、隠したいのなら隠したままでもいいと思いますけど……いっそのこと見せてしまったほうが楽じゃないですか？』

きっかけは彼女のそんな言葉。

『それに、人ってけっこうすぐに見慣れますし』

同情でもなく、励ますでもなく、ただ自身の考えを述べているだけのその言葉が、なぜだかストンと自分の中に入ってきた。

『そんなことより、フィル先輩に聞きたいことがあったんです』

それに、彼女の態度は俺の火傷跡なんてどうでもよさそうだった。

（そういうものなのか……？）

長い間凝り固まっていた自身の考えが簡単に覆（くつがえ）されて、不思議な気分になる。そして、彼女に言われたことをさっそく試したくなっている自分がいた。

その日の放課後、まずは美容室へと向かい、思いきって髪を短くすることにした。

担当してくれた美容師は俺の火傷の跡をちらりと見たあと、髪を切る際に触れて痛ければ言ってくださいと気遣う言葉を口にしたぐらいで、時折こちらの要望を確認しながら手際よく髪を切ってくれた。

鏡には、見慣れないすっきりとした短い髪の自分が映る。こんなに髪を短くしたのは十年ぶりくらいだろうか……。しかし、以前の髪型よりも似合っていると思った。

そのままの足で今度は眼鏡屋に寄り、目元を隠すための眼鏡ではなく、自分に似合う眼鏡を選びたいと店員に相談をした。

その店員も俺の火傷の跡をちらりと見たが、ただそれだけで、様々な種類の眼鏡を出しては俺に何度もかけさせて、真剣な表情（かお）で選んでくれた。

俺は買ったばかりの眼鏡をかけて街を歩いてみる。

短くなった髪に、銀の細いフレームの眼鏡では火傷の跡は隠せない。けれど、久しぶりに視界が開（ひら）けると、そんな俺のことを見てくる人なんてほとんどいないことに気が付いた。たまにすれ違いざまに視線を寄越されることはあっても、すぐに興味をなくしたように視線を外される。

（思ったよりも、たいしたことなかったな……）

そんなふうに思えたのは彼女のおかげだった。

それが昨日のことだ。バートは無遠慮にジロジロと俺の髪や顔を眺めてくる。

「……気になるか？」

「ん？　ああ、こんなところに火傷の跡があったんだな」

バートの視線が、俺の右眉辺りに注がれる。

「子供の頃に火魔法で遊んで火傷したんだ」

「まあ、子供の頃の魔法の失敗は誰にでもあることだからな。俺もさぁ……」

バートは、おねしょを誤魔化そうと、水魔法でベッドを水浸しにして余計に叱られたことや、好きな女の子にカッコいいところを見せようとして水魔法を披露したら、相手のドレスを水浸しにして罵詈雑言を浴びせられたことなどを話してくれた。

するとと、話し終えたバートが再び俺の顔を見つめる。

「それにしても、お前ってそんな顔だったんだな。なんていうか……普通だよな」

「…………」

(お前もそれを言うのか……)

そう思うと同時に『普通が一番ですよ』と言いながら嬉しそうに笑った彼女の顔が脳裏に浮かび上がる。頬が緩みそうになるのを隠すために、思わずバートを睨んでしまった。

「だって、あんなに隠してたから勝手に期待値が上がってたんだよ」

「期待に添えなくて悪かったたな」

「いやいや、素顔がイケメンじゃなくて普通なのがお前らしいよ」

「どういう意味だ?」

「で、本当のところは、イメチェン?　失恋?　……どっち?」

そんなことを話していると、クラスメイトたちの視線が俺たちから外れて一斉に教室の扉へと移る。それだけで、誰が来たのかすぐにわかってしまった。教室の扉から中へと入ってきたのは、同じクラスのブライアンとアデールだ。

ブライアンはこの国の第一王子で、アデールは公爵令嬢でありブライアンの婚約者でもある。

その後ろに、ブライアンの護衛も兼ねている騎士団長の子息クライブが続いた。クラスは違うが宰相の子息イライアスと、二年生の魔術師団長の子息セシルを含めたこの五人は生徒会のメンバーであり、学園で一目置かれる存在となっている。

俺はそんなブライアンを見つめながら、ルネを初めて見かけた時のことを思い出していた。

それは三年になってすぐのことだった。俺は春休みの最終日に熱を出してしまい、新学年になって早々に一週間も学園を休んでしまった。

ようやく登校した日の昼休み、大勢の生徒たちで賑わう食堂で並んでいると、ふと、小柄な女子生徒の姿が目に入った。まだ制服を着慣れていない雰囲気から、タイの色を見ずとも新入生であることがわかる。ふわふわの栗色の髪に大きな翠の瞳、小柄で華奢な体型も相まってまるで小動物のような印象だ。

正直なところ……ものすごく可愛いと思った。ついつい目で追ってしまう。

そんな彼女に、食堂にいる大勢の生徒たちも視線を送っている。しかし、それらは好意的だとは言い難いものだった。

「なあ、あの子って何かあるのか？」

「ん？　……ああ、噂の新入生か」

　隣にいたバートに小声で聞いてみると、彼女は光魔法の使い手で特待生としてこの学園に入学してきたのだと教えてくれた。そんな彼女は、入学式の日にブライアンたち生徒会のメンバーに『二度と近づくな』と強い口調で叱責されたらしい。

「ブライアン殿下が？　一体、彼女は何をしたんだ？」

「それが……理由はわからないらしいんだ」

「わからない？」

「噂じゃあ、殿下たちに色目でも使ったんじゃないかって言われてるけどな」

　彼女は元平民だということもあり、自身の立場を弁（わきま）えずにブライアンたちに近づいたのだろうと噂されているらしい。しかし、新入生が入学式の日にいきなりブライアンたちに近づくような真似をするだろうか？

　もし、それが事実だったとしても、ブライアンを含めた生徒会メンバーはとてつもなくモテるのだから、女子生徒一人をあしらうことぐらい簡単だろう。それを公衆の面前で叱責とは……。なぜだか、違和感を感じた。

「まあ、理由はわからなくても、あのブライアン殿下が声を荒らげるくらいだから、よっぽどなんじゃない？」

「…………」

バートの口振りに、なるほどな……と、心の内で納得してしまう。

ブライアンは優秀でリーダーシップにも秀でており、婚約者のアデールのことも大切にしていた。

アデールも、真面目で優しい人柄だと評判で、似合いの二人に皆が羨望（せんぼう）の眼差しを向けている。そんな二人を支える他の生徒会メンバーの評価も高い。

だからこそ、そんな彼らに叱責されるだなんて、彼女がよほどひどいことをしたのだろう……と、皆がバートのように判断しているようだ。

それ以来、俺は彼女の存在が気になってしまい、ついつい見かける度（たび）に目で追うようになっていった。

彼女はいつも人の視線を避けるように行動している。今日も一人でランチを購入すると、急いだ様子でそのまま食堂から出ていこうとして……誰かが彼女にぶつかった。

彼女は少しよろめいたが、転ぶほどではなかった。だから、それが故意なのかそうでないのかは微妙なラインだ。しかし、ぶつかった相手に「すみません」と頭を下げる彼女に向けられるいくつもの視線は、見下すような蔑むような……そんな悪意のあるものが目についた。

そんなものに晒されている彼女に対して、言いようのない感情が胸に溢（あふ）れる。それは彼女を憐（あわ）れに思う同情か、それともこのような状況を憂う正義感だろうか？

謝罪の言葉を言い終えた彼女は、今度こそ食堂から出ていった。

「悪い、ちょっと用事ができたから行ってくる」

「えっ！　フィル？」

気付けばそのまま彼女の後を追って、俺も食堂を飛び出していた。

迷いのない慣れた足取りで彼女はずんずんと進んで行く。そして、裏庭に辿り着くと日当たりのいいベンチに座り、ランチボックスの蓋を開けてもくもくと食べ始めた。

そんな彼女の様子をこっそりと校舎の影から見つめる。

（さて、どうするか……）

自分でもよくわからない感情に突き動かされ、ここまで後を追ってしまったが……いざとなると、なんと声をかけるべきか迷ってしまう。

食堂での出来事はよろめいただけだったので、怪我の心配をするのは不自然だろう。しかし、学園内で浮いている現状をいきなり問うのもおかしなことだ。そもそも、声をかけていいものなのだろうか？

そんなことをぐるぐると考えていたら、彼女は食事の手を止めて深いため息を吐いた。そのまま、俯いて動かなくなってしまう。

（泣いている……？）

俺は足音を立てないように静かに彼女に近づき、「大丈夫か？」と声をかけようとして……。

「ほんとにクソだわ！」

そんな激しい言葉と共に、彼女は右足の踵を地面に蹴りつける。その拍子に、俺の靴のつま先に少量の土がかかったのが視界に入った。

「すごい言葉だな」

心の声がそのまま口から出てしまう。驚いた顔でこちらを見上げる彼女は、やはりとても可愛かった。

そんなことを思い出しながら、ふと邪魔な髪をどけようとした左手が自身の短い髪に触れる。まだ、髪を切る前の長年の癖が抜けていなかったのだ。俺は心の内で苦笑いを浮かべたあと、ルネのことを考える。

髪を切った俺の姿を見たら、彼女はどんな反応をするだろう。……きっと驚くだろうな。もしかしたら、似合うと言ってくれるかもしれない。

そんな場面を想像すると、なんだかこそばゆい気持ちになった。

(早くルネに会いたい)

それは、彼女の話を早く聞きたいからなのか、髪を切った自身の姿を見てもらいたいからなのか……自分でもよくわからなかった。

二章
三角関係

「おおおお！　どうしたんですか？　イメチェンですか？　失恋ですか？」

私の大きな声に反応してか、今日も木の上で微睡んでいた黒猫がのっそりと顔を上げる。

フィルの素顔を見せてもらってから三日が経っていた。本当は翌日に裏庭で話をしたかったのだが、あいにく二日連続の雨だったのだ。

なんとなくの暗黙の了解で、雨の日の昼休みはフィルとは別行動をしていた。ちなみに、雨の日の私はトイレの個室でランチタイムを満喫している。さすが貴族だけが通える学園、トイレは広く清潔な快適空間なので何も問題はない。

そして、二日ぶりに晴れた本日の昼休み、フィルは天パのもっさりヘアーをばっさりと短くした姿で裏庭に現れたのだ。ついでに眼鏡も細い銀フレームのオシャレ眼鏡に変わっており、隠していた目元の火傷の跡も丸見えだった。

あまりに急な変化に動揺してしまう。

これが高校デビューというやつだろうか。でも、フィルはすでに三年生だ。その場合は何デビューと言うべきなのか。

「……変か？」

「いえ、スッキリしていいじゃないですか。前のもっさりヘアーより似合ってますよ！　眼鏡も素敵ですね！」

「っ！　……そうか」

私は思ったままにそう告げると、フィルは少し俯いて眼鏡を指でくいっと押し上げる。

「お前の言った通りだった」

「……？」

「この火傷の跡……。最初は皆驚いた顔をしていたけれど、特に何も言われなかったし、仲のいい奴にどう思うか聞いてみたら『火傷の跡があったんだな』って、言われただけだった」

フィルは短くなった髪にまだ慣れないのか、今度はしきりに右手で弄りながら少し早口で話している。

「……そうでしたか。よかったですね」

対する私は笑顔でそう返事をしながら……。

(フィル先輩……仲のいい人いるんだ……)

と、謎のショックを受けていた。てっきり私と同じぼっち仲間だと思っていたのに……。ギリィと心の中で歯ぎしりをしておく。

ということは、フィルは仲のいい友人がいるのに、毎日のように昼休みに裏庭へ来ていたことになる。どうやら、私を練習台にしたカウンセリングにかなり力を入れていたようだ。

「お前のおかげだよ」

そんな心の狭い私には気付かず、フィルはそう言いながらいつものように私の隣へと座った。

そして、火傷のせいで塞ぎ込んでいたフィルの心のケアをしてくれたのが、祖父の友人の精神科医（カウンセラー）だったことや、それが精神科医（カウンセラー）という職業に興味を持ったきっかけだということも話してくれた。

　こんなに自分のことをいろいろ話してくれるのは珍しい。髪を切って気持ちもさっぱりしたのかもしれない。

「周りだっていつまでも子供のままじゃない、成長も変化もするんだって考えが抜けていた」

「それは仕方ないですよ。普通はもっと大人になってから気付くものですし」

「なんだか知ったような口振りだな」

「ふへへへ」

「変な笑い方だな」

　実は私の中身が成熟した大人の女であることは笑って誤魔化しておいた。もしかしたら、知らずに大人の色香が漏れ出てしまっているかもしれないけど。

「で、今日はルネの話を聞かせてもらっていいか？」

　そう言って、フィルの切れ長な榛色の瞳が私を見つめた。その見慣れない瞳に少しだけドキッとする。

「わ、わかりました。ただし、ものすごく荒唐無稽（こうとうむけい）な話になりますよ？」

「大丈夫だ」

「本当に荒唐無稽ですからね！」

「ちゃんと聞くから」

フィルの真剣な眼差しと声に胸がきゅうっとなる。そして、私は覚悟を決めた。

この世界が乙女ゲームの舞台であること、私がヒロインだと思いきや実はアデールが主役であること、私もアデールも転生者であることを説明する。


「なんだそれは……」

そう呟く声には怒りが滲んでいる。

私の話を最後まで聞き終えたフィルは眉間にシワを寄せていた。髪を切ったことによって、以前よりも彼の表情がよくわかってしまう。

（あー、やっぱりダメかぁ……）

私は心の内でため息を吐く。

もともと、信じてもらえるとは思っていなかった。…………嘘です。ちょっとだけ信じてもらえるかもと期待していた。でも、信じてもらえない可能性のほうが高いことはわかっていたから、そんな時のためのセリフも用意してある。

『信じちゃいました？　冗談ですよ！』

『フィル先輩の素顔が見たくて咄嗟に嘘をついたんです。すみません』

大丈夫。私はいい大人なので、あらかじめ自分が傷付かないための予防線を張っている。明るい声でセリフを言おうと、笑顔を作り息を吸った。

「しん……」

「やっぱり、お前は何もしていないじゃないか」

「えっ？」

「お前の言っていた話の通りなら、学園に入学してからヒロインは攻略対象者を籠絡（ろうらく）していくんだろ？　じゃあ、入学式の日のルネは、ゲームでも現実でも何もしていないということになる。違うか？」

「は、はい。そうです」

私はこくこくと頷（うなず）いた。

「それならお前は何も悪くない。殿下たちの態度がおかしいんだ」

そう言い切ったフィルの言葉に、驚きと喜びが同時に訪れる。

（信じてくれたっ！　わかってくれたっ！）

誰も私の話なんて聞いてくれなかった。何もしていないのに、勝手に悪いことをしたかのような扱いを受けていた。でも、フィルはそんな私の話を真剣に聞いて、私の言い分を信じてくれたのだ。

涙がゆるゆると溢れてくる。

「ううっ、さすが精神科医（カウンセラー）。患者の話を否定せずにちゃんと受け入れてくれるんですね」

「いや、精神科医(カウンセラー)としてじゃない。それに、俺はまだ資格を持っていない」

「えっと、じゃあ、精神科医(カウンセラー)の才能に目覚めし者って呼んでいいですか?」

「やめろ」

少し泣いてしまったことが恥ずかしくて茶化してしまう。

「他にもいろいろ聞きたいんだが、いいか?」

「はい! なんでも聞いてください」

しかし、また昼休みの終わりを告げるチャイムが鳴り響く。

「あ……。じゃあ、また明日ですね」

「…………」

「明日晴れたら、またここで続きを……」

「あのさ!」

フィルが少し大きな声を出して私の言葉を遮(さえぎ)る。

「明日じゃなくて、今日の放課後は空いていないか?」

「放課後……空いてます!」

空いている。むちゃくちゃ空いている。入学して以来、一度も放課後に予定が入ったことはない。むしろ、誰よりも早くに下校していた自信がある。

「じゃあ、放課後に。一旦、この裏庭で落ち合おう」

「わかりました！」

私の元気なお返事に、また黒猫がのっそりと顔を上げた。

放課後、裏庭でフィルと落ち合ったあと、そのまま裏門を出て、王都の街を二人並んで歩いていく。

てっきり放課後も裏庭のベンチで話すのかと思っていたら、「街に出てみないか？」とフィルから提案され、二つ返事で食い気味に「行きます！」と返事をしていた。

この王立学園は王都の中心街の一角にある。学園を一歩出れば、そこには様々なお店が立ち並んでいた。

「この辺りには来たことがあるのか？」

「実は、王都に来てから街の中を歩いたのは初めてなんです」

私の言葉にフィルは少し目を見開く。

私はもともと王都ではなく、この国の西側にある田舎町で生まれ育った。しかし、光魔法が発現したことにより、クレメント男爵家の養子となるため二年前に家を出て、王都へとやって来たのだ。

　残念ながら、クレメント男爵家では厳しい淑女教育が待ち構えており、王都の街を散策するような時間は与えられなかった。

「馬車では何度か通ったんですけどね。だから、入ってみたいお店がいっぱいあります」

（主に飲食店に……）

　前世では一人でも入りやすい飲食店が山ほどあったのに、なぜかこの街の飲食店はエスコートが必須……つまり、女性一人では入れない仕様になっている。もちろん、全ての飲食店がそうなわけではない。王都の一部……中心街と呼ばれるここら一帯の飲食店だけの謎ルールだ。

　そして、私はこの中心街より外に出ることを禁じられていた。安全面での配慮のためということだったが、本当の理由を私は知っている。

（ゲームでの街の行動範囲が中心街のみだったのよね）

　ゲームのストーリーがある程度進むと、学園を飛び出して街へ移動できるようになるのだが、そのゲーム内でヒロインが移動できたのがこの中心街だけだった。

　おそらく、このエスコートが必須の飲食店も、攻略対象者とカフェを訪れるイベントの理由付けのためだと思われる。

（こんな時だけゲームの強制力……しかも、私にだけ……）

　たしか、一人でカフェに入れないヒロインに、偶然通りかかったブライアンが声をかけて……という、街デート的なイベントがあったのだ。

けれど、転生悪役令嬢(アデール)が主人公ならば、この設定はなんの意味もなさない。ただ、ぼっちのヒロインが街の飲食店に入れないという虚(むな)しいイベントが起きるだけである。

遠い目になりながらそんなことを考えていると、隣を歩くフィルから気遣うような声がかけられた。

「じゃあ、今日はルネの行きたい店にしよう。遠慮なく言ってくれ」

「ありがとうございます！」

せっかくフィルと街に出たのだから、楽しい気分で過ごしたいと気持ちを切り替える。

「まずは、何か食べませんか？」

「そうだな」

今日の私はぼっちではない。隣には、攻略対象者ではないが男性であるフィルがいるのだ。ついにこの街の飲食店に入ることが許された。

私とフィルは歩きながら手頃なお店を探す。すると、深い青色のタイル壁に木製扉という外観の、落ち着いた雰囲気のカフェが目に入った。

「あそこはどうでしょう？」

無事にフィルの了承を得て、私たちはその店の扉を開ける。木造の内装と白色のインテリアで統一された店内に、コーヒーのいい香りが立ち込めていた。

愛想のいい女性店員に奥の席へと案内され、フィルとテーブルを挟んで向かい合わせで座り、

メニューを開く。

「うわぁ！　ケーキの種類がいっぱいありますよ！」

「ああ、美味そうだな」

「フィル先輩は甘いものは大丈夫ですか？」

なんとなくだが、フィルには『ブラックコーヒーしか飲まないぜ！』みたいなイメージがあった。

「大丈夫だ。俺はパンケーキを頼もう」

「いいですね！　じゃあ、私は本日のおすすめケーキセットにします」

それぞれが注文を終えしばらくすると、先程案内をしてくれた店員がパンケーキと苺のレアチーズケーキを載せた皿を紅茶と共に運んで来る。

さっそく食べることにした。

「美味しい！」

「ああ、美味いな」

ちらりとフィルに目を遣ると、ものすごいスピードでパンケーキが口の中へと吸い込まれていた。相変わらず食べるのが早い。

お互いが皿を平らげると、今度は温かい紅茶をゆっくりと味わう。

満足そうな表情のフィルに声をかける。

「本当に甘いものは大丈夫だったんですね」

「そう言っただろ？」

「フィル先輩なら、本当は苦手でも無理して付き合ってくれそうな気がしたんですよ」

「俺は嘘は言わない」

そうきっぱりと言ったあと、少し考え込むような表情になる。

「いや、そんなこともないか……」

おっと、手のひら返しが早い。

「何か嘘をついたんですか？」

「昼休みに……お前が話してくれたことを、全面的に信じるような言い方になってしまったことだ」

「ええっ？　本当は信じてなかったってことですか？」

なんてことだ。あんなに嬉しかったのに……。

「そうじゃなくて……ちょっと説明を聞いてくれるか？」

涙目になっている私を見て、フィルは焦った様子でそう言った。

私はジト目で睨みながらも渋々頷く。

「ルネの話を聞いて、この世界がゲームだと言われたことについては……正直まだ受け入れきれていないんだ。転生者だということも、お前が言うように荒唐無稽だと思う」

「…………」

たしかに、いきなりこの世界はゲームの舞台で、あなたたちはゲームのキャラクターなんですよと言われたら、信じるよりも先に困惑してしまうだろう。

「だが、ルネが嘘を言っているとも思えなかった。いや、こんな嘘をつく必要がないと思ったというのが本音だ」

俺を騙そうと嘘をつくのなら、もう少しまともな嘘をつくだろう……と、そう思ったらしい。

「フィル先輩を騙そうだなんて思ってないですよ」

ちょっと拗ねた口調になってしまった私の言葉に、フィルは軽く頷いた。

「ああ、わかってる。だから、シンプルに考えることにしたんだ。ゲームの世界だとかは一旦置いて、ブライアン殿下がルネに敵意を剝き出しにした理由は、一応納得ができた」

そう言うと、フィルはこちらを真っ直ぐに見つめる。

「だから、俺が信じたのは『ルネが何もしていない』ことと、『ブライアン殿下たちがルネに敵意を持つ理由』の二つだけなんだ」

「…………」

「全部を信じてやれなくて、すまない……」

フィルは、申し訳なさそうな表情でそう言った。

（真面目だなぁ……）

そんなこと黙っていればバレないのに。

それに、ブライアンたちが敵意を持つ理由は、ゲームや転生を前提にしないと成立しない話だ。それを信じてくれるということは、私の話の大部分を信じているということになる。

(やっぱり、フィル先輩に話してよかった)

私は涙目のまま、今度は笑ってしまう。

「それだけ信じてもらえたら十分です」

私の言葉に、フィルは安堵したように表情を緩めた。

「ありがとう」

「あははっ、それは私のセリフですよ」

そして、フィルは紅茶を口にしたあと、仕切り直すように私に質問を投げかける。

「それで、乙女ゲームというものについて聞きたいんだが……」

「はい。なんでも聞いてください」

乙女ゲームについては、ルネがヒロインの恋愛シミュレーションゲーム……つまり、恋愛の疑似体験を楽しむものだと昼休みに説明はしてあった。

「疑似体験ということは、ルネがブライアン殿下と……その、恋愛をするということになるのか?」

「そうなりますね」

「…………」

フィルは思いきり眉間にシワを寄せている。まあ、今の状況を知っているフィルにしてみたら、ブライアンと私が恋愛だなんてあり得ないのだろう。

「ちなみに、ブライアン殿下だけじゃなく、生徒会のメンバー全員と恋愛できます」

「生徒会メンバー全員……」

「しかも、一対一の恋愛もあれば、逆ハーレムという名の全員同時進行の恋愛もあります」

「逆ハーレム……」

ショックを受けたようにそのままフィルは黙ってしまう。たしかに、逆ハーレムも全員同時進行も、ちょっとパワーワード過ぎたかもしれない。

「じゃあ、ルネも逆ハーレムを疑似体験したのか？」

絞り出すような声だ。

「いえ、私はブライアン殿下のルートだけですね」

「…………」

フィルがなんだか苦しそうな顔をしている。大丈夫だろうか。あんなに急いでパンケーキを一気に食べたからだと思うけど。

「まあ、途中でやめちゃったんですけどね」

「やめた？」

「こんなことを言うと失礼かもしれませんが……。ブライアン殿下のセリフが甘ったる過ぎて受け付けなかったんですよ」

そう、それがゲームを途中でやめた理由だった。

ゲームのブライアンは、気障ったらしい振る舞いに加えて甘々のセリフをヒロインに浴びせ続けるのだ。

（まあ、王子様なんだから間違ってはいないんだけど）

舞台が王城ならばそれでもよかったのだが、これが学園モノということもあり、私は学校に通う王子様が普通の男の子のように振る舞う姿が見たかったのだ。

「教室で跪いて君に誓うとか言われたり、中庭で跪いて一輪の花を渡されたり、グラウンドで跪いて優勝を君に捧ぐって言われたり……。いや、ここ学園だよね？　って思っちゃいまして」

その結果、思っていたのと違う……となって、ゲームをやめてしまったのだ。

「それで、結局は他のキャラクターと恋愛をする前に、ゲームそのものをやめてしまったんです」

「そうか……」

「私はもっと普通の男の子と恋愛をしたかったんですよ」

「そうか……」

そう、イケメンと普通の学園恋愛を楽しみたかっただけなのだ。

ちらりとフィルの様子を窺うと、腹痛の波が去ったかのような晴れやかな表情をしていた。私は安心してそのまま会話を続けることにする。

「だから、ゲームの内容は途中までしかわからないんです。ええっと、体育祭と学園祭……あとは、街デートのイベントまでは記憶にあります」

そのまま乙女ゲームのイベントについて簡単にフィルに説明をする。

入学式から学園祭までは共通ルートとして、満遍なく攻略対象者たちと交流できる機会があり、後夜祭のとあるイベントから個別ルートに入ることができるのだ。

それを黙ったまま聞いていたフィルが考え込むような表情で口を開いた。

「じゃあ、ワウテレス嬢も、その乙女ゲームをやっていたということなんだな？」

フィルが言うワウテレス嬢とはアデールのことだ。アデール・ワウテレス公爵令嬢が転生悪役令嬢のフルネームだ。

「はい。おそらく、アデール様は私と違って全ルートをクリア……つまり、全ての疑似体験を経験済みなのかもしれません」

「まさか、逆ハーレムも？」

「そこまではわかりませんが、生徒会メンバーの心の傷を知っているはずです」

『癒やしの君と恋を紡ぐ』は、ヒロインであるルネが持つ光魔法の癒やしの力と、ストーリーを進めながら攻略対象者たちの心の傷を癒やすというゲーム内容をかけた、両方の意味を持つタイトルだ。

攻略対象者たち全員がなんらかの心の傷を負っており、その傷を癒やすことがゲーム攻略の鍵となる。

「心の傷……」

「母親を流行り病で亡くしたブライアン殿下は、異母弟である第二王子殿下ばかりが両親に愛されることにひどく傷付いていました」

ゲームのブライアンは愛情に飢えており、ヒロインはそんな彼が満たされるような愛を与える必要があった。

「なあ、それはおかしくないか？」

「え？　どこがです？」

「王妃殿下はご存命だ」

「あ……」

フィルに言われて気が付いた。私はルネとして生きてきた記憶を辿るが、ブライアンの実母である王妃が亡くなったなどという話は聞いたことがない。つまり、ゲームの設定そのものが変わってしまっているということだ。

（これは……もしかして……）

確証はない。確証はないが……アデールが関わっているのかもしれない。

ブライアンの心の傷を癒やすのではなく、初めから心の傷を負わせないようにアデールが行動していたとしたら……。

（流行り病で亡くなることはわかってるんだから、治療薬を先に手に入れておくとか？　それとも、そもそも病が流行らないように動いた？）

方法はわからないが、王妃が生きていればブライアンが愛情に飢えることはないだろう。

やはり、幼少の頃から前世の記憶を保持しているのと、入学式の朝に取り戻すのとではアドバンテージが違い過ぎる。きっと残りの攻略対象者たちも、アデールによって心の傷はばっちり解決済みなのだろう。

「大丈夫か？」

急に黙り込んでしまった私に、フィルが心配そうな表情で声をかけてくる。

「……おそらく、アデール様が、攻略対象者たち全員が心の傷を負わないように行動したのだと思います」

私は自身の考えをフィルに説明する。

「なるほど。ゲームの知識を使って先回りしたということか」

「はい」

すると、フィルは眉間にシワを寄せ難しい顔をする。

「心の傷を負わせたくないという、ワウテレス嬢の気持ちもわかる。わかるんだが……。ただ、その経験があったからこそ得られたものも、全てなかったことになるのか……」

フィルは考え込みながら、ゆっくりと自身の思考を口にしていく。

「じゃあ、ゲームの殿下と実際の殿下とでは、性格や考え方が全く違うものになるということだな」

「え？」

「だって、そうだろ？　実際の殿下は、ゲームと同じ経験をしていないんだから」

「なるほど……」

フィルの言う通り、心の傷を負う経験をしなかった彼らは、その後の生き方や環境だってゲームとは違っているのだろう。中身は別人だと思っておいたほうがよさそうだ。

「私はなんのために転生したんでしょうね……」

ふと、弱音が口からぽろりと零れ落ちてしまった。

どう考えても、私がヒロインに転生する必要はなかったように思う。

「そもそも、私がヒロインというのに無理があるんですよ。私の性格はヒロイン向きじゃないですし……」

ヒロインは明るく天真爛漫（らんまん）な頑張り屋さんで、ちょっと恋愛面には鈍感だったりするものだ。

私は隙あらばサボろうとしてしまうし、別に鈍感でもない。

「そんなものは気にする必要はないだろ」

そう言って、フィルは私の目を真っ直ぐに見つめてくる。

「そうでしょうか……？」

「ああ。お前はそのままでいいよ」

「っ！」

フィルは不思議な人だ。私のような当て馬ヒロインに、こんなにも親身になってくれるんだから……。

なんだか、胸の奥がじんわりと温かくなる。その余韻に少しだけ浸っていると、難しい顔をしたフィルが再び口を開いた。

「だけど対策は必要かもしれないな」

「対策？」

「ゲームに登場した場所やイベントは、避けたほうが無難だと思う」

「たしかに……」

ブライアンたちからは二度と近づくなと言われた。もちろん、私だって近づきたくはない。しかし、私たちは同じ学園に在籍しており、ゲームのイベントはヒロインと攻略対象者を近づけさせるものだ。

「わかっているのは、体育祭と学園祭と街デートだったな？」

「はい」

「街デートは一人で中心街に行かなければいいとして、先にあるのは体育祭か……。なあ、体育祭でブライアン殿下とどうなるんだ？」

「たしか、ヒロインはクラスの代表でリレー選手に選ばれて、ブライアン殿下と同じチームになるんです」

そのリレーは、一年から三年の学内縦断でチームを組む競技だった。

そして、放課後にリレーの自主練習をするヒロインにブライアンが声をかけて、なんやかんやでグラウンドで跪かれて優勝を捧げると言われるのだ。

もちろん、他の攻略対象者や悪役令嬢もちょっかいをかけてくる。

「ああ、クラス代表リレーか。そういえば、そんな競技があったな……」

フィルは何かを思い出すように、軽く瞳を閉じている。

「そのリレー以外は、学年ごとのクラス対抗競技しかなかったと思う」

「じゃあ、私はクラス代表リレーに出場さえしなければいいんですね！」

自分がどのように行動すればいいのかがわかるだけで、ずいぶんと気分が上向いてくる。

「おそらく推薦で代表者が決まる。もし、クラスメイトの誰かがお前を推薦してきたら、ちゃんと断るんだぞ」

「大丈夫です！　私のクラスでの人気は地の底に落ちてますから！　そもそも推薦されることはありませんよ」

「……そうか」

自信満々でそう答える私に、フィルは憐れみを込めた視線を送っていた。

空は晴れ渡り、時折心地よい風が吹き抜ける。本日は絶好の体育祭日和だった。

私は『救護』とデカデカと書かれたテントの下、一人ぽつんとパイプ椅子に座っている。

なぜ私がこんな所にいるのかというと、体育祭の出場競技をクラスで決めるという時、担任から告げられたのだ。

『クレメントさんは体育祭の救護係として要請されているから、競技に参加はできないんだよ』と。

なんと、体育祭の救護係として、怪我をした生徒たちを光魔法で治療することが決まったそうだ。

『生徒会から提案があったんだ。光魔法の実地訓練にもなるから、クレメントさんにとっていい経験になるだろうと言われてね』

担任は口元にだけ愛想笑いを浮かべてそう続けた。

これが生徒会の提案だということは、ブライアンたちが私を救護係に指名したということだ。

おそらく、体育祭でのイベントが発生しないように画策したのだろう。

さすが学園モノの生徒会はやたら権力を持っている。いや、生徒会長のブライアンは王族だから、普通に権力があるのか。

私としても、ゲームのイベントに関わらずに済むなら好都合だと救護係を引き受けたのだが、まさか救護係が私一人だとは思わなかった。てっきり養護教諭くらいは付き添ってくれるものだと思っていたのに、体育祭の手伝いに駆り出されていってしまった。

グラウンドの中心から一際(ひときわ)大きな歓声が聞こえて、そちらに視線を向ける。

しかし、ここからでは観戦する生徒たちの壁に阻まれてしまって、競技の様子が何も見えなかった。放送部員による順位の実況を聞くことくらいしかできない。

(フィル先輩の走るとことか見てみたかったんだけどな……)

それにしても……暇だ。誰も怪我をして駆け込んで来ない。

怪我人が出ないことが一番なのだが、怪我人が出ないとやることがない。

仕方なく、私は利用者名簿のプリントを一枚拝借して、その裏に落書きを始めた。

「……おいっ！」

「えっ？」

突然の呼び声にはっとして顔を上げる。

そんな私の目の前には、肩までの金髪を一つに束ね、アイスブルーの瞳を持つ男子生徒が立っている。落書きに夢中になり過ぎて、声をかけられるまで彼の存在に気付かなかった。

「……転んだ」

ぶっきらぼうなその一言に、私は視線を下げた。すると、擦りむいて傷口から血を流している砂まみれの両膝が目に入る。

「うわっ！　痛そう！」

私は慌てて立ち上がると、パイプ椅子をもう一脚用意し、そこに座るように声をかける。彼は素直にその指示に従った。

それにしても、両膝とも擦りむくなんて、どんな転び方をしたのだろうか……。

そんなことを考えながら、傷口を洗い流すための道具とタオルを用意して、洗浄から始めていく。

「……っ！」

蒸留水を右膝の傷口にかけると、彼の右足がびくりと跳ねる。

「しみると思いますけど、少しだけ我慢してください」

「別に痛くねぇよ」

「そうですか」

痛くないなら大丈夫だろうと、ドバドバと遠慮なく蒸留水を両膝にかけていく。

「……っっっっ！」

なんだか悶絶（もんぜつ）しているようだが大丈夫だろうか。

彼の顔を見ると涙目になっていたが、何も言われなかったのできっと大丈夫なのだろうと判断する。

「これで洗浄は終わりましたので、次は治療をしていきますね」

荒い呼吸をしている彼にそう声をかけると、彼は無言のまま頷いた。

私は両掌を右膝の傷口にかざすと、集中して魔力を練り上げていく。すると、両掌から現れた光の粒子が傷口を覆った。左膝の傷口にも同様のことをする。

やがて、傷口を覆っていた光の粒子が消え去ると、そこには傷口などまるでなかったかのような、きれいな膝小僧が現れた。

「すげぇ……」

そんな小さな呟きに、私は得意げな顔を披露する。

しかし、目が合った途端に「チッ！」と舌打ちをしながら、目を逸らされてしまった。先程からの態度や喋（しゃべ）り方をみるに、この貴族しかいない学園では珍しいタイプのようだ。

とりあえず怪我の治療は終えたので、今度は利用者名簿に記入するための質問をする。

「ええっと、まずはお名前からお伺いいたします」

そう言った途端に、目の前の彼は顔を歪（ゆが）めて私を睨みつけた。

（……ん？）

どう見ても目の前の彼は怒っている。

（……なんで？）

さっきまで無愛想で態度は悪かったが、怒ってはいなかったと思う。名前を聞いたら急に怒り出したのだ。

（名前を聞いたのが地雷だった？　でも、聞かなきゃわかんないし……）

残念ながら、この学園の体操着には前世のように胸元にゼッケンが付いていない。

（もしかして、初対面じゃないとか？）

彼の顔をまじまじと見つめ返す。

（あれ？　誰だっけ……？）

どこかで見たような……でも、何かが違うような……。

しかし、この学園での私の交友関係はかなり狭い。狭いというよりも友人はフィルしかいないし、まともに会話ができるのもフィルしかいないので、完全なるフィル一強だった。

必死に考え込む私に痺れを切らしたかのように、目の前の彼が早口で名を告げる。

「アリスター・マリフォレス」

「あ、ありがとうございます。じゃあ、学年とクラスもお願いします」

「二年C組」

私は慌てて名前欄にアリスターの名と、学年とクラスも記入していく。

「次は、怪我の状況と処置内容……これは私が書いておきますね。えっと、転んで両膝ずる剝け……処置は、洗浄して光魔法。これで、よし！」

あとは日付と時間、そして処置をした私の名前を記入して終了だ。

「全て終了です。では、お大事に」

私は笑顔でアリスターにそう声をかけた。

なぜ怒っているかはわからないけれど、もう相手にするのは面倒くさいので早く終わらせよう。

しかし、彼はパイプ椅子に座ったまま立ち上がろうとしない。

「ええっと、終わりましたけど……？」

私はもう一度声をかけてみる。

「なあ？」

「は、はい」

「やっぱり兄上にしか興味ないんだな」

「兄上……？」

「兄上に色目使ったからハブられてんだろ？」

「色目……？」

どういうことだ？　と思ったその時、利用者名簿の名前欄が視界に入る。

『アリスター・マリフォレス』

自分で記入したその文字を改めて見て、一気に鳥肌が立つ。

マリフォレスはこの国の名前、その名前を持つということは王族である証だ。

「あ、アリスター第二王子殿下……」

「やっと気付いたのかよ」

不機嫌そうな口調でそう言われる。

そうだ、ゲームにも登場していた第二王子の名前はアリスターだった。

「すみません。お名前は存じておりましたが、お姿を拝見しましたのは初めてでして……。無礼をお許しください」

私がそう返すと、アリスターは驚いた表情をする。

一応、二年間の淑女教育でこれくらいのセリフは言えるようになっていた。むしろ、淑女教育を担当してくれた家庭教師が、私がやらかすであろうことを見越して、相手に失礼な態度を取ってしまった時の対処方法を中心に指導してくれていたのだ。

先見の明があり過ぎる。

「まあ、別にいいけど。他の奴らも兄上のことばっかりだし」

「………………」

「どうせ、あんたも俺のことなんてたいして興味ないんだろうから」

「…………」

アリスターはパイプ椅子に座ったまま、グチグチと文句を言っていじけている。彼が第二王子であると気付かなかったことを怒っていたようだ。

(それにしても……キャラ変わり過ぎじゃない？)

ゲームでのアリスターは、ブライアンの心の傷を作る元凶となった人物だ。

ブライアンの実母である王妃が流行り病で亡くなると、側妃であったアリスターの母が王妃の座についた。国王と側妃の夫婦仲は良好で、その二人から愛されるアリスター。

一方のブライアンは、その優秀さを褒められることはあれど、なんとなく疎外感を感じて家族の輪に入ることができないでいた。

そんなブライアンにアリスターは囁く。

『父上は、本当は僕の母上だけを愛していたんです。けれど、身分のせいで正妃になることは許されなかった……』

『本当です。だから、父上は僕ばかりを可愛がっているんですよ』

『兄上が必要とされるのは、その身に高貴な血が流れているから……ただ、それだけ』

そんなアリスターの言葉を鵜呑みにし、傷付いたブライアンは家族と距離を取るようになっていく。

それがゲームで語られていたブライアンの過去だった。

ゲームのアリスターはブライアンと同じ金髪にアイスブルーの瞳で、肩までのストレートヘアーという出で立ちだった。一人称は『僕』で、丁寧な口調で常に笑顔を振りまいていた。だけど、裏では精神的にブライアンを追い詰めていく、そういうギャップのあるキャラクターだったのに……。

目の前にいるアリスターの姿は……いや、姿だけでなく、口調も雰囲気もゲームの彼とは全く違っていた。だから、気付けなかったのだ。

なぜ、アリスターはこんなにもキャラ変してしまったのだろう？

可能性として考えられるのは、やはりアデールが関与しているかもしれないこと。あとは、アリスターが転生者かもしれないということだが……。

どちらにしても、私はすでに出オチざまぁ済みの当て馬ヒロインで、このままブライアンたちが卒業するのを待つだけの身。今さら第二王子と関わる必要はないだろう。

というわけで、彼が何者なのかもわかってすっきりしたので、早く立ち去ってもらいたい。

「アリスター殿下に興味がないわけではありませんよ。突然のことで気付かなかっただけなんです」

とりあえず宥め賺してみる。

「……でも、あんたは兄上のことが好きなんだろ？」

「嫌いですけど？」

「え？」

「あ！」

しまった。反射的に本音が出てしまった。

「嘘つけ！　兄上に色目を使って言い寄って、振られて嫌われたって聞いたぞ？」

噂がひどいな。もうちょっとオブラートに包んでほしい。

「色目も使っておりませんし、言い寄っても、振られてもおりません」

嫌われているのだけが真実だ。

「じゃあ、なんでこんなに嫌われるんだよ」

「……わかりません」

仕方なく、私はそう答える。いや、理由はわかっているけれど、そんなことをアリスターには言えない。

「わからない？　兄上が人を嫌うなんて、めったにないんだぞ？」

「わからないものはわからないんです。入学式の日に正門をくぐったら、突然『二度と近づくな』と言われましたので」

「突然……？」

「はい。初対面で突然です」

アリスターは少し考え込むような仕草をする。

「色目は？」

「だから、使っていませんよ。入学式に向かうところでしたし、ブライアン殿下の側にはアデール様や他の生徒会メンバーもいらっしゃいました。その状況でどうやって色目を使うんです？」

「まあ……それならたしかに……」

「ですので、もし理由をお知りになりたいのでしたら、ブライアン殿下に直接お聞きください」

「…………」

もう面倒くさいので、全てをブライアンに投げることにした。しかし、アリスターは何かを堪えるような表情になる。

「聞けないから、あんたに聞いてるんだろ……」

「え？」

聞けない？　……兄弟なのに？

「もしかして……仲が悪いんですか？」

「…………」

アリスターは無言だった。つまり、図星ということだろう。

（どうして仲が悪いんだろう？）

ゲームとは違って王妃は健在。ブライアンは愛情に飢えていない。アリスターだってゲームのようなキャラではない。

こんなにもゲームとは違う要素があるのに、兄弟仲は変わらず悪いままだなんて……。

「あのさ……」

考え込む私に、意を決したようにアリスターが声をかけてきた。しかし……。

「クレメントさん！　一人でお留守番させちゃってごめんなさいね」

ふくよかな身体に白衣を羽織った養護教諭がテントに戻ってきたのだ。

「あら？　殿下！　どこかお怪我をされたのですか？」

「……もう治ったから大丈夫だ」

そう言うと、アリスターはパイプ椅子から立ち上がり、そのままグラウンドの中央へと向かっていく。

私はその背中を黙って見送った。

◇◇◇◇◇

アリスターが救護テントから立ち去ったあと、他に怪我人は誰も現れず、そのまま体育祭は閉会式を迎えた。

体育祭の翌日から二日間は休日だったので、休み明けの昼休みに裏庭のベンチでフィルと情報交換を行う。

「お前が出場する予定だったクラス代表リレーは、予想通りブライアン殿下がアンカーでチームの優勝を決めていた」

「あー……やっぱりそうでしたか」

さすがはメインヒーローだ。ゲームでも、遅れをとってしまったヒロインからのバトンを受け取り、圧倒的脚力で他の選手をごぼう抜きにしてチームを優勝に導いていた。

「ブライアン殿下なら、グラウンドで跪いて優勝トロフィーをアデール様に捧げてそうですよね」

「なんだ、見ていたのか？」

「…………」

すぐに跪くところはゲームと変わらないらしい。

「そういえば、フィル先輩はなんの競技に出たんです？」

「ん？　俺は徒競走と綱引きだけだ」

「先輩の走るところ見たかったのになぁ……」

「俺はあんまり足が速いほうじゃないからな……。見るほどのものじゃない」

フィルはそう言いながら眼鏡を押し上げている。

「お前はずっと救護テントにいたのか？」

「はい。あの、それでですね……」

怪我をしたアリスターが救護テントを訪れたこと。アリスターもゲームに登場していたがキャラが変わってしまっていたこと。ブライアンと仲が悪そうだったことなどをフィルに説明した。

「ブライアン殿下とアリスター殿下の不仲は有名な話だぞ？」

「そうなんですか？」

「ああ。異母兄弟だし、アリスター殿下は問題児だから、ブライアン殿下が関わろうとしないのだろうと言われている」

「問題児……」

たしかに、あのアリスターの口調や態度は王族として……いや、貴族としても問題になるのだろう。ゲームでの外面がよかったアリスターとはあまりに違い過ぎる。

「それより、アリスター殿下は攻略対象者ではないんだよな？」

「そうですね。ゲームではブライアン殿下の心を傷付ける役割だったので、悪役に近いキャラクターです」

「悪役か……。アリスター殿下にも近づかないほうがいいかもしれないな」

いくらゲームとキャラが違っていても、アリスターはブライアンルートに深く関わる人物だ。

フィルの言う通り、避けたほうがいい相手だと思う。

「他にもそういったキャラクターはいないのか？」

「たぶん……。ただ、ブライアン殿下に関わるキャラクター以外はよくわからないんです」

「じゃあ、俺も何かしらの役割を持ったキャラクターかもしれないということか……」

フィルが難しい顔をして呟いた。

「フィル先輩がゲームのキャラクターだったら困りますよ」

「もしかしたら、ヒロインを助ける役割かもしれないだろ？」

「なおさらダメですよ！　ヒロインの味方は皆アデール様に取られちゃうんですから！」

「ああ、そうだったな」

「そうですよ。フィル先輩はずっと私の側にいてくださいね！」

「……わかった」

「約束ですよ！」

「ああ、約束する」

そう返事をしたフィルは、俯いて眼鏡を押し上げていた。

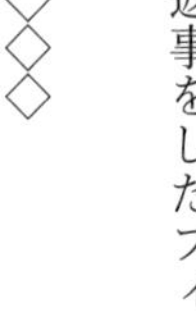

今日もいつものように裏庭のベンチに座り、フィルがやって来るのを待っている。

お腹が空いた。今日はなかなかフィルが来ないのだ。

体育祭からすでに十日が経過していた。まさかのアリスターとの出会いはあったが、そのあとは変わらない日常を送っている。

(次は学園祭イベントか……)

しかし、体育祭の時のブライアンたちのように、ヒロインと攻略対象者が関わらないよう勝手に画策してくれるのではないかと期待している。

そんなことを考えていた時だった。

「あっ！　こんな所にいたのか！」

突然の声に驚き、そちらに顔を向ける。

「アリスター殿下？」

そこには、体育祭ぶりのアリスターが立っていた。

私は反射的にベンチから立ち上がる。

「ど、どうしてこちらに？」

「……別に。偶然だろ」

「偶然……？」

先程の、私をやっと見つけたかのようなリアクションは気のせいなのだろうか？

（それにしても……）

私はアリスターの制服にちらりと視線を送る。

初めて見たアリスターの制服姿は、ブレザーのボタンを全て外し、中のシャツも第二ボタンまで開けてネクタイは緩め、いい胸筋がチラチラと見えていた。

前世では、制服を着崩すなんて男女共によくあることで、特に目立つことではなかったが、この貴族だらけの学園ではめちゃくちゃ浮くと思う。

「アリスター殿下？」

「あっ！　フィル先輩！」

そこに今度はフィルが現れ、驚いた顔でアリスターを見つめていた。

私はフィルの姿を見て内心ほっとしながら声をかける。

「待ってたんですよ！」

「ああ、遅れて悪かった」

すると、アリスターはフィルの顔をじっと見つめ、今度は私に視線を移すと困惑したような表情になる。

「あいつは、あんたの恋人なのか？」

「え？　ち、違います、違います！」

まさか、そんなふうに見られるとは思わなかった。

「えーっと、あの、フィル先輩は私の先輩で、その、精神科医（カウンセラー）なんです。それで、いつも私の話を聞いてもらっておりまして……」

　自分でもびっくりするくらい動揺してしまっている。

「精神科医（カウンセラー）？」

　アリスターがフィルに視線を向けて問いかけた。すると、今まで真顔で無言だったフィルが口を開く。

「お初にお目にかかります。フィル・ロマーノと申します。彼女の言う通りまだまだ未熟ではございますが、精神科医（カウンセラー）を目指して学びの途中でございます」

「ロマーノ……あの医者ばっかりの一族だよな？」

「はい。ロマーノ伯爵家の次男でございます」

　フィルのそんな姿を見ながら私は震えていた。

（フィル先輩がちゃんと貴族してる！）

　いつもぶっきらぼうなフィルが貴族的な口調になると、ものすごく仕事ができる人に見えてくる。これは新たな一面だった。

「ふーん……恋人じゃなくて、医者と患者の関係なんだな」

　アリスターが納得してくれたようだ。

「フィル先輩はすごい聞き上手ですし、いろいろ相談にも乗ってくれてアドバイスもくれるんです！　おすすめですよ！」

「そうなのか……」

つい、フィルのことを自慢したくて、おすすめまでしてしまった。

「じゃあ、俺の相談にも乗ってくれるのか？」

「え？」

「まあ、俺じゃなくて、俺の友達の話なんだけど……」

「………」

まさかの展開が待っていた。そして、この手の『友達の話なんだけど……』は、本人の話である場合が多い。

（いや、でも本当に友達の話の可能性もあるし……）

そう、どうせ自分の話なんでしょ？　と思っていたら、普通に友達の話だったパターンだ。

「そいつが、兄上と仲が悪いことに悩んでて……」

「………」

「城、じゃなくって……家でも外でも避けられてて……」

「………」

「でも、兄上がそんな態度を取るのは俺……いや、その友達に対してだけなんだ」

「………」

もう、この時点で断言しよう。これはアリスターの話だ。

「仲が悪くなるきっかけに心当たりはありませんか？」

フィルからの質問で、アリスターの口調は投げやりなものに変わった。

「それが、わからないから困ってんだよ」

「わからない……？」

「ああ。それまでは普通だったのに、ある日突然、俺に敵意を向けるようになったんだ」

「それはいつ頃の話ですか？」

「……俺が十歳くらいだったと思う」

「きっかけがわからなくとも、何かその頃の記憶に残っている出来事はありませんか？」

裏庭のベンチに私とフィルがアリスターを挟む形で座り、フィルがアリスターに質問を重ねていく。

私は、友達の話設定が消えるの早いな……と思いながらも、フィルの邪魔にならないように黙って二人のやりとりを見守っていた。

「あー、そうだなぁ……。ベアトリス様が、病のせいでずっと部屋に籠られていたのは覚えてる」

「ベアトリス様が……」

フィルが榛色の目を見開く。そして、私にちらりと視線を送った。

ベアトリス様とは、この国の王妃の名だ。ブライアンの実母で、ゲームでは流行り病で亡くなっていたはずの人物だった。

その話をフィルは覚えていたのだろう。公にはされていなかったようだが、ゲームと同じように病に罹っていたのだ。

「それで……たしか、俺も心配で見舞いに行こうとしたら、部屋に入るのはダメだって言われて……」

話をしているうちに当時のことを思い出してきたのか、アリスターの口調がたしかなものに変わっていく。

「だから、俺は手紙をベアトリス様に渡してもらうように頼んだんだ。それで、毎日見舞いの手紙を書いてた」

「えっ？」

思わず声が出てしまった。

「なんだよ？」

「いいえ、お見舞いに手紙って素敵だなぁと思いまして……」

そう言って誤魔化したが、内心はゲームのアリスターとの違いに驚いていた。

ゲームでは、ベアトリス様が亡くなる以前のアリスターの描写はなかったが、お見舞いに手紙を毎日書くなんて普通にいい子だと思ったからだ。

「そうか？　今思えば、病で辛い時に手紙だなんて迷惑だったのかもって思うけどな」

そう言いながら、アリスターは少し照れくさそうにしている。

なんだか、そんな姿を見ると可愛く思えてしまうから不思議だ。

「それで、しばらくしたらベアトリス様の病が治ったって聞いて、会いに行ったら手紙のお礼を言われてクッキーを貰ったんだ。そのクッキーを母上と一緒に食べたことも覚えてる」

なんだ、意外にアットホームな王族じゃないか。ゲームのイメージだと、もっとドロドロとした家族関係なのかと思っていた。

そして、ちょうどベアトリス様の病が治ったという話題が出たので、気になっていたことを聞いてみる。

「あの、ベアトリス様はどのようにして病が治ったのですか？」

「ああ。治療薬が間に合ったんだよ。ワウテレス公爵家が、薬に必要な材料をたまたま大量輸入してたって。それで薬を作れたって聞いたな」

「そうでしたか……」

ワウテレス公爵家はアデールの家だ。つまり、私が予想していた通り、アデールがゲームの知識で治療薬を先に準備しておいたのだろう。

それにしても、アデールは前世で相当このゲームをやり込んでいたらしい。残念ながら、私はベアトリス様が罹った病の名前も治療薬なんてものもさっぱり覚えていない。いや、もしかしたら未プレイだったブライアンルート後半で出てくる内容だったのかもしれないが……。

「それからすぐに兄上の様子がおかしくなったんだよ」

アリスターが話を続ける。

「やたら避けられるようになって……。別にめちゃくちゃ仲が良かったわけじゃねぇけど、それまでは普通だったのに……」

「たしかにそれは急ですね」

「だろ？　俺が何かしたんなら謝ろうと思って……。でも、聞いても何も言ってくれねぇし……。だんだん腹が立ってきて、思わず兄上に怒鳴ったんだ」

当時の気持ちが甦ったのか、アリスターの語気が荒くなる。

「そうしたら、『やっぱりそれが本性だったんだな！』って怒鳴り返されて終わり。それからは何を言ってもずっと無視されて……」

そう話したあと、アリスターは深いため息を吐いた。

気持ちはわかる。話を聞いた限りでは、アリスターはゲームのようにブライアンを追い詰めることはしていない。それなのに、なぜブライアンはアリスターを避けるようになったのか……。

私は再び気になったことを聞いてみる。

「あの、なんて言って怒鳴ったんですか？」

「えー？　そこまでちゃんと覚えてないって」

「覚えている言葉だけでいいですから」

「あー、たしか……『なんとか言えよ！』とか、『なんで怒ってるんだよ！』とか、思いついた言葉をとりあえずぶつけた気がする。あとは……『父上が俺ばっかり可愛がってるから羨ましいんだろ！』とかも言ったかなぁ？」

「え？」

ゲームと似たようなセリフが出てきた。

「そうだ、思い出した。それを言ったら兄上に怒鳴り返されたんだ」

「…………」

ゲームのアリスターは、自分のほうが愛されていると執拗にブライアンに吹き込んでいた。

「可愛がられたっていうか、俺には甘かったんだよ。まあ、兄上と俺とじゃ立場が違うからな」

「陛下はアリスター殿下ばかりを可愛がられていたんですか？」

アリスターによると、陛下はブライアンに対しては厳しく接していたらしい。でも、それは正妃の子で第一王子であるブライアンを後継者として認めているからこそ、あえてそのようにしているのではないかということだった。

「期待の裏返しってやつじゃねぇの？」

アリスターからはそう見えているらしい。

「まあ、俺は誰からも期待されてないからな……」

「…………」

そのままいじけてしまったアリスターに、フィルが優しい言葉をかけている。

そして、その話を聞いた私は気付いてしまった。

(もしかして、アデールはこのタイミングでブライアンに前世のことをバラした……？)

このタイミングというのは、ベアトリス様を病から救った直後のこと。

ベアトリス様を救ったことでブライアンから信頼を得た時なのか、薬を調達できた理由を問われた時なのかはわからない。けれど、それをきっかけに、アデールが前世の記憶とゲームの内容をブライアンに明かしたのだとしたら……。

その時に、アリスターが自身を追い詰める悪役であることをブライアンが知ったのだとしたら、突然アリスターを避けるようになったことの説明がつく。

そして、アリスターがゲームと同じようなセリフで怒鳴ったことによって、ブライアンはアリスターが悪役であることに確信を持ってしまったのではないだろうか。

(何やってんのよ！　せっかくベアトリス様を救ったんだから、そのまま兄弟仲も取り持ってあげればいいのに！)

私は心の中でアデールに悪態をつく。

まだ悪役らしいことは何一つしていないのに、決めつけてすぐに排除しようとするのはやめてあげてほしい。同じ転生悪役令嬢の被害者として、アリスターに同情してしまう。

「あー、話聞いてくれてありがとな。楽になった気がする」

「いえ、私でよければいつでもお聞きしますので」

フィルが貴族らしい口調で答えている。

すると、アリスターが私のほうに顔を向けた。

「さっきは偶然って言ったけど……ほんとは今日、あんたを探してここに来たんだ」

「……え？」

裏庭に来た時のリアクションでなんとなく気付いていたけれど、それは言わないでおく。

「兄上に嫌われてるのは俺だけだと思ってたからな。あんたの噂を聞いて気になってたんだよ」

「じゃあ、救護班のテントに来たのは……」

まさか、私と接触するためにわざとあんな怪我を？

どうりで両膝をあんなに怪我するなんておかしいと思っていたのだ。

「ん？　あれは走ってる途中で転んだから。たまたまあんたがいて驚いたけど」

「…………」

「それで、話してみたら、あんたも突然兄上から嫌われたって言うからさ。他にもいろいろ話してみたくなったんだよ」

そう言うと、アリスターはベンチから立ち上がる。

「そろそろ時間だな。……突然邪魔して悪かった。じゃあな」

そして、そのまま裏庭から立ち去っていくのをフィルと二人で見送った。

アリスターの姿が見えなくなると、フィルも私もベンチに座り直し、同時に深く息を吐く。

「びっくりしましたね……」

「ああ……」

王族であるアリスターが突然現れたことで、知らずに気を張っていたのだ。

「でも、フィル先輩がちゃんと貴族らしく振る舞ってるところを見て感動しましたよ。よくできましたね！」

「……お前は何目線で俺を見ているんだ？」

フィルが呆れたような声で言う。

「それにしても、アリスター殿下は思っていたのと印象が違ったな。お前のこともそうだが……やはり噂は当てにならない」

「問題児って言われてたんでしたっけ？」

「ああ。乱暴者だという噂も聞いたことがあったが、おそらく、あの見た目や態度で誤解されたんだろう」

あの着崩した制服姿に平民のような崩れた口調も、そのイメージの悪さに拍車をかけたのだろう。フィルも普段の口調はぶっきらぼうだが、それだけで悪い噂が広まるということもないので、やはり王族は立場や注目度が違う。

「アリスター殿下って、わざと悪ぶってるようにも見えますよね」

実際のアリスターと接してみると、その育ちのよさが見え隠れしていた。

先程も、話を聞いてくれたフィルにちゃんとお礼を言っていたし、去り際の言葉には気遣いを感じた。服装と口調を除けばただの好青年だ。

「自分に自信がないのかもしれないな……」

「王族なのに？」

「王族だからこそだな。ゲームではベアトリス様が亡くなられていたそうだが、ご存命である今は第一王子であるブライアン殿下が後継者として揺るぎない立場にいる。そんなブライアン殿下からずっと疎まれていたのなら、周りから軽んじられることもあっただろう」

「あ……」

そうだ、ゲームではアリスターの母が王妃となっていたから、アリスターの立場がそれほど弱いものとは思わなかった。しかし、現実では、同じ王子でもブライアンとアリスターの立場にはかなりの差がある。

「じゃあ、あの態度はアリスター殿下なりの鎧みたいなものですか？」

「おそらくな……」

「なんか、もったいないですよね。普通にいい子そうなのに」

「いい子って、お前より年上だろ?」

「いや、まあ、そうなんですけど……」

前世の私からすると十歳近く差がある。

そんなことを考えながら話していると、昼休みの終わりを告げるチャイムが鳴り、まだ昼食を食べていないことに気が付いた……。

◇◇◇◇◇◇

翌日の昼休み、裏庭のベンチに座りながらいつものようにフィルを待つ。

私と同じで裏庭の常連となっている黒猫が、ベンチの向かいにある木の上からこちらを見下(みお)ろしていた。金色の瞳がかっこいい。

(野良猫なのかな?)

それにしては毛並みがいいような気がする。私はベンチから立ち上がり、木に近づいて下から黒猫を見上げる。しかし、黒猫は逃げる素振りもせずに、じっとこちらを見つめて……。

「おい」

「……っ！」

驚きながら声がしたほうに顔を向けると、そこには、手にランチボックスと可愛らしい水色の紙袋を持ったアリスターがいた。まさかの二日連続の襲来だ……。

「こ、こんにちは。アリスター殿下」

「ああ。……今日は一人なのか？」

「いえ、もうすぐフィル先輩も来ると思います」

「そうか。……毎日会ってるのか？」

「そういうわけでは……。雨の日は会っていないので」

「ふぅん。……仲良いんだな」

なんだか、やたらとフィルとのことに探りを入れられる。

（あっ……）

そこで私は気付いてしまった。

（これ、もしかしてスピンオフなんじゃ……？）

スピンオフとは、物語の主人公ではないキャラクターに焦点を当てたもの。だいたいが主人公がエンディングを迎えたあとに、主人公の友達やライバルをメインにした話が始まる。番外編のようなものだが、稀にそのままスピンオフが新たな物語として続いていくこともあるのだ。

アデールはすでに攻略対象者たちを攻略済みで、私に出会い頭ざまぁを食らわせたのだから、エンディングを迎えたと言っても過言ではない。私はアデールのライバルみたいなものだし、アリスターもメインヒーローにとっての悪役のようなもの……。

きっと、そんな二人によるスピンオフの物語が始まるのだ。

その証拠に、アリスターはフィルの存在をやたら気にしている。すでに私に好意を抱いており、フィルに対して嫉妬の炎を燃やしているのだろう。

（えーっ！　えーっ！　どうしよう？）

全く予想していなかった恋愛フラグに内心動揺しまくってしまう。残念ながら、前世を含めて恋愛経験が皆無……いや、乏しいのだ。

「えっ？　アリスター殿下？」

そこへ、驚いた表情のフィルが裏庭に現れる。

昨日と同じような状況だったが、今のアリスターは嫉妬で心を埋め尽くされている。フィルに喧嘩（けんか）を吹っかけたりしないだろうかとハラハラしてしまったのだが……。

「あっ！　やっと来たのか」

アリスターがぱっと嬉しそうな顔をフィルに向ける。

「今日はどうされましたか？」

フィルはすぐに驚いていた表情を引っ込めて、穏やかな口調でアリスターに問いかけた。

「いや、昨日あんたがいつでも話聞くって言ったから……」

アリスターは少し俯きながらぼそぼそと答える。

「そうでしたね。では、ベンチに座ってからゆっくりとお聞きしますよ」

フィルの返事にアリスターの表情が明るくなった。

「今日はランチボックスも買ってきたんだ」

「じゃあ、一緒に食べながら話しましょうか？」

「ああ。それと、これ……昨日の礼に」

アリスターは、持っていた可愛らしい水色の紙袋をフィルに渡す。

「これは……？」

「クッキー。うちのシェフに作ってもらったものだから味は保証する」

「ありがとうございます」

「甘いものは大丈夫か？」

「ええ。俺……あ、いや、私は甘いものが好きなんです」

「別に畏(かしこ)まらなくていいから。俺だって口調はこんな感じだし」

「いや、でも……」

「そのほうが俺も話しやすいから。普段通りの口調で話してくれ」

「じゃあ、お言葉に甘えて……」

「あっ！　それと、名前……フィルって呼んでもいいか？」

「もちろん」

「俺のこともアリスターって呼んでくれ。敬称はいらねぇから」

「わかった。裏庭限定でな」

……スピンオフじゃなかった。

何がスピンオフだ。むしろ、アリスターとフィルがスピンオフなんじゃないかと思うくらいに、急速に仲を深めている。

仲睦まじい二人を見ていると、なんだかムカムカとしてきた。フィルの古参患者である私が、あんなぽっと出の新規患者に負けるわけにはいかない。

私はアリスターに対して嫉妬の炎を燃やし、参戦するためにベンチに座る。

フィルとアリスターがスピンオフるのを阻止しようと、二人の間に割り込んでやった。

「クッキーあんたも食べるか？」

「いただきます！」

私はロイヤルなクッキーの上品な味わいを堪能しながら、心の中でアリスターにファイティングポーズをとった。しかし……。

（美味しい……）

アリスターが用意してくれたロイヤルなクッキーが美味し過ぎて止まらない。

「あんたも甘いものが好きなんだな」

「はい！　これ美味しいですね」

「だろ？　俺もよく作ってもらってるんだ。気に入ったならよかった。また持ってきてやるよ」

「いいんですか？　ありがとうございます！」

私はアリスターに満面の笑みで答えてしまう。

おかしいな……。フィルの古参患者としてガツンとかましてやるつもりだったのに……。

「次はなんの味がいい？」

「別の味もあるんですか？　んー、チョコ……いや、ナッツ系も捨てがたい……」

「じゃあ、両方用意してやる」

「やったぁ！　ひゃっはー！」

「奇声はやめとけ」

アリスターとそんな会話をしていると、ふと右隣から視線を感じる。そちらを見ると、フィルが眉間にシワを寄せ、じっとこちらを見ていた。

（あ……）

これは、フィルが何やらご機嫌斜めな様子……。

古参患者な私は、フィルがかなりの甘党だと知っている。どうやら、私がクッキーを独り占めしている現状に怒っているようだ。

「えーっと、フィル先輩も食べますか？」

私はフィルの機嫌を直そうと、今更だがクッキーを勧めてみる。

「いや、今はいい」

不機嫌そうな声で目を逸らされてしまった。だいぶご機嫌斜めのようだ。

実は、もうロイヤルなクッキーは残り数枚になっており、今食べないとフィルの分はきっと残らない。あとになって文句を言われるのも嫌なので、無理やりにでも今食べてもらわなければ……。

私は摘んでいたクッキーをフィルの口元へと持っていく。

「そう言わずに。美味しいですよ？　ほら、あーん」

すると、フィルはその切れ長の目を思いきり見開く。しかし、口はしっかりと閉じられたままだった。

「あーん」

クッキーでフィルの閉じた唇をつつく。

「…………」

フィルはその瞳に困惑の色を滲ませたまま、おずおずと少しだけ口を開ける。

その瞬間に、クッキーをぐっと口の中へと押し込んだ。

「んぐっ！」

「ほら！　美味しいでしょう？　バターの風味が絶妙ですよね！」

「………………」

フィルは右手で口元を押さえ、俯きながら必死に咀嚼（そしゃく）している。無理やり口の中に押し込んでしまったせいか、その顔が真っ赤になっていた。

「……あんたら二人は本当に仲いいんだな」

今度は左隣から、アリスターがなぜかドン引きしたような表情で呟いた。

「そうですね。私とフィル先輩は仲良しです！」

ここぞとばかりにフィルとの仲をアピールし、マウントをとっておく。

「アリスター殿下は仲がいい方はいらっしゃらないんですか？」

「あー、学園にはいねぇかな……」

「じゃあ、どこにいるんです？」

存在しているのかな？　なんて、失礼なことを考えながらも聞いてみる。

「第三騎士団の連中とはよく喋るけど」

「第三騎士団……？」

この国の騎士団には、王族の警護を任されている近衛騎士団を筆頭に第一から第三までの騎士団があり、それぞれ与えられる任務にも違いがあった。アリスターが言う第三騎士団とは、魔獣の討伐任務を主とする騎士団である。

ゲームでは魔獣が出てくる描写はなかったが、この世界には当たり前に魔獣が存在している。それらは普段は森の中などに生息し、時々人里に現れては人や家畜を襲うことがあった。

私が王都に来る前に暮らしていた町でもレッドボアと呼ばれる猪型の魔獣が出没し、畑を荒らされて家畜を襲われたので、第三騎士団に討伐を依頼したことがある。

この国は、ここ百二十年ほどは戦争のない平和な状態が続いており、騎士団の中でも魔獣を相手にする第三騎士団が一番危険と隣り合わせだと認識されている。そのせいか、唯一平民も受け入れている騎士団でもあった。

そんな第三騎士団と第二王子であるアリスターとの間に交流があるのが少し意外だった。

昨日の話の続きにもなるけど……と、前置きしたアリスターが事情を話し始める。

「兄上に避けられるようになってから、いろいろ言ってくる奴らが出てきたんだ。俺の出来の悪さを遠回しに馬鹿にしてくる奴とか、逆に兄上の悪口を俺に吹き込んで余計に仲違いさせようとする奴だとか……」

昨日、フィルが言っていた『周りから軽んじられることもあっただろう』という言葉が脳裏に浮かぶ。

「そのうち、なんかそういうの全部が嫌になって……。兄上のために真面目にやってるのが馬鹿みたいだなって……」

「ブライアン殿下のために……ですか？」

その言葉の意味がよくわからない私に、アリスターは将来の国王であるブライアンを王弟として補佐するため、幼い頃から王城で様々な授業を受けていたことを説明する。これも、ゲームでは描かれなかった内容だ。

「それで、授業をサボってるところをバージル団長……第三騎士団の団長なんだけど、その人に見つかって、『うじうじ悩んでるくらいなら身体を動かせ！』って言われて、無理やり第三騎士団の訓練に参加させられた」

「…………」

そんな理由で王子を訓練に参加させるとは、その団長はなかなかパンチの効いた性格をしていらっしゃる。

「第三騎士団には貴族も平民もいろんな奴らがいて、俺が王族だからって特別扱いもしないし……。まあ、それが居心地よくってさ。そのうち自分から訓練に参加するようになってたんだけど」

（なるほど……）

私はちらりとアリスターの胸元に目を遣る。

今日も第二ボタンまで外されたシャツの隙間から、いい胸筋がチラついていた。

（なるほど……）

この胸筋は第三騎士団で鍛えられたものだということだ。どうりで、いい胸筋をしていると思った。

それに、ゲームのアリスターは服をきっちりと着込んでいたので胸筋のコンディションはわからないが、全体的にもっと線が細い印象だった。こんなところにも違いがあるのだと再認識する。

「それで、俺は学園を卒業したら第三騎士団に入りたいと思ってるんだ」

「ええっ？　そ、それは、大丈夫なんですか？　そんな、ブライアン殿下の補佐が嫌だからって……」

それに、王族が第三騎士団に所属することが認められるのだろうか？

「そんな子供じみた理由じゃねーよ」

アリスターにじろりと睨まれてしまう。

「第三騎士団の奴らと過ごすうちに、いろいろ考えさせられたんだ」

少しだけ不機嫌そうな声で、アリスターはきっぱりとそう言った。

「アリスターの考えを聞かせてくれないか？」

すると、先程まで静かにクッキーの余韻に浸っていたらしいフィルが口を挟んだ。満足したのか、眉間のシワはきれいさっぱり消えている。

アリスターはフィルの言葉に表情を緩めて頷いた。

「ああ。団員にはいろんな奴がいて、皆が皆気が合うわけじゃないだろ？」

「それはそうだな。特に第三騎士団には貴族だけじゃなく、平民だって所属している」

「そうなんだ。それでも、仲間を信頼できないといざって時に背中を任せられねぇって、バージル団長が言ってて。だから、訓練と同じくらい団員同士の仲を深める時間を大切にしてるんだ」

たしかに、魔獣を討伐する際は仲間同士の連携が必須なのだろう。そこに信頼関係や助け合いの精神がなければ、最悪命を落とす危険だってある。

「まあ、そんなこと言いながら、訓練のあとに団員たちで飲みに行ってるだけなんだけどな」

そう言ったアリスターの口元に少しだけ笑みが浮かんだ。

私も飲みニケーションという、前世で年配の上司だけが使っていた言葉を頭に浮かべてしまう。

「それで気付いたんだよ。俺がこのままいくら真面目に勉強して、どれだけ知識を詰め込もうが、王弟として兄上を支えられるわけがないんだって……。あと一年もしないうちに兄上は卒業して立太子するっていうのに、信頼関係を築くどころか、まともに会話すらしてもらえないんだぞ？」

「…………」

「そもそも、兄上は俺を必要としていないんだから……」

アリスターは辛そうに顔を歪ませ、最後は吐き捨てるようにそう言った。

私はそんな彼を見て、胸の辺りがぎゅっと痛くなる。悪役だと切り捨てられたアリスターが、今でも兄のことを考え、こんなふうに傷付き悩んでいることを彼らは知っているのだろうか……。

なんと声をかければいいのかわからず、私はただアリスターの横顔を黙って見つめることしかできないでいた。

「アリスターの考えにも一理あると思う」

そこにフィルの冷静な声が響く。

「今の状態のままブライアン殿下が王位に就き、アリスターが王弟として補佐に入ると余計な火種が起きやすくなる」

「そう！　そういうこと。それに、兄上にはすでに優秀な側近たちがいるんだから、俺の出る幕はないんだよ」

フィルの言葉に、場の空気を変えるような明るい声でアリスターが同意をする。

ブライアンの優秀な側近たちとは、他の攻略対象者たちのことだろう。

「それで、ちょっとフィルに相談したいことがあるんだけどさ」

アリスターがフィルに視線を合わせる。

「この前バージル団長に、卒業したら第三騎士団に入りたいって打ち明けてみたら、『うちを逃げ場所にすんな！』って怒鳴られて……」

「断られたのか？」

「いや、逃げ場所にしてるつもりはないって言い返した。でも、『どうしても入団したけりゃ、ちゃんとした第二王子になって来い』って言われてさ」

「……どういうことだ？」

「俺もわかんなくて、キース副団長に聞いてみたんだ。そうしたら、第三騎士団は平民も受け入れているからか、騎士団の中でも下に見られることが多いらしくって……。それをどうにかしたいのに、評判の悪い俺が王弟の役割を蹴って入団するのは不味いって言われた」

「……つまり、第三騎士団がアリスターの左遷先だと思われてしまうってことか？」

「左遷……うん。まあ、たぶんそんな感じ……」

アリスターがちょっと傷付いたような表情をしている。

ブライアンとアリスターが不仲であることは有名で、その理由も、アリスターが乱暴な問題児であるからだと噂されていた。そんな状態のままアリスターが入団してしまうと、素行が悪いせいでブライアンの補佐から外され、仕方なく第三騎士団に送り込まれたと周りに見られてしまうということだ。

それだと、第三騎士団は問題児ばかりが送られる場所……フィルの言う左遷先だというイメージを持たれかねない。

「そのあと、キース副団長に『評判のいい第二王子なら広告塔として大歓迎です』って言われた」

「………」

なかなかにドライで正直者な副団長だ。

「なあ、どうしたら俺の評判ってよくなると思う？」

「そうだなぁ……」

フィルはそのまま考え込んでしまった。よし、ここは私の出番だと鼻息を荒くする。

「せっかく騎士団で鍛えてるんですから、強くてカッコいい姿を皆にアピールするのはどうです？」

そうすれば、頼りになる第二王子というイメージを持たれるのではないだろうか？

「あー、でもなぁ……」

「あれ？　ダメですか？」

「いや……俺、去年の狩猟大会の個人部門で優勝したんだけど、その時に乱暴者だなんだって噂が流れたみたいで……」

「それは……お気の毒でしたね……」

せっかく優勝したのに……。乱暴者だという噂の元凶はこれだった。

それにしても、狩猟大会なんて珍しい学園イベントがあるんだなぁと思うと同時に、ものすごく嫌な予感がする。

「あの、狩猟大会ってどんなことをするんですか？」

「学園の森に動物や魔獣を放して、狩ったものの数と大きさを競うんだ」

「……そうなんですね」

ものすごくゲームのイベントにありそうだ。

「話は逸れたけど……。まあ、そういうこと」

アリスターの声で、一旦狩猟大会のことは頭の片隅に追いやる。

「じゃあ、他に得意なことってありますか？」

「……特にないな」

「うーん……」

強さ以外にアピールできるものはあるのだろうか……。なるべく、実際のアリスターの人物像からかけ離れ過ぎないようなものにしたい。

その時、ふと木の上にいる黒猫が視界に入った。

(猫……。アリスター殿下も猫とか好きだったり……あっ！)

私は前世の様々な記憶……主に、学生時代に読んでいた少女漫画のあれこれを脳裏に浮かべる。それと同時に、とある言葉を口に出していた。

「ギャップ萌えでいきましょう！」

私の高らかな宣言に、フィルとアリスターは怪訝(けげん)な表情を浮かべる。

「じゃあ、その方針でやっていくということで！」

「おい、説明をはぶくな！」

そこにアリスターから待ったがかかる。

「一体どういう方針で何をやるんだよ？」

「だから、ギャップ萌えでいきましょうって言ったじゃないですか！」

「だから、そのギャップ萌え？　が何なのか説明してくれって言ってんだよ！」

アリスターが苛立った口調になる。

そこに、するりとフィルが穏やかな口調で割って入った。

「ルネ、ゆっくりでいいから説明してくれ。わからないことがあればこっちから質問するから」

「……わかりました」

「アリスターも、強い口調だとルネが萎縮するだろ？」

「あっ……そっか、そうだよな。……悪かった」

すかさずアリスターにもやんわりと釘を刺す。

フィルの言葉にアリスターは素直に謝罪をしてくれた。やはり、根はいい子だ。

「あいつらと一緒にいるとどうしても口調が……」

そして、もごもごと言い訳めいたことを話し始める。

どうやら、第三騎士団では皆がアリスターのような気安い口調で会話をしているらしい。そこに自分だけが貴族口調だと浮いてしまうので、このような喋り方になってしまったのだという。

てっきり、悪ぶってあんな口調なのかと思っていたが、彼なりの理由があったのだ。

そういえば、アリスターの話に出ていたバージル団長の口調も平民のようだった。

そのことを聞いてみると、まさかのバージル団長はれっきとした貴族で、しかも侯爵家出身であると教えてくれた。騎士団の皆をまとめるには、お綺麗な言葉を使ってはいられないらしい。

(それにしても……)

右隣にちらりと視線を遣る。

相変わらず、フィルが声を荒らげることはない。もちろん、フィルに感情がないわけではなく、ロイヤルクッキーの時のように不機嫌になったり怒ったりすることだってある。それでも、怒鳴ったり乱暴な言葉遣いになるようなことはなかった。

きっと感情のコントロールが上手で、理性を優先させることのできるタイプなのだろう。

(フィル先輩みたいな人ほど本気で怒ったら怖いのかも……)

この時の私はまるで他人事のようにそんなことを考えていた。

その日の放課後、裏庭のベンチにアリスターを真ん中に三人で座りながら、私は懸命にギャップ萌えについて語っていた。

「……つまり、アリスターが周りから持たれているイメージとは全く違っていて、なおかつ好感が持てる一面をアピールするということか？」

「そういうことです！」

「なるほど。意外性か……」

フィルには無事に伝わったようだ。

「えー、俺にそんな一面ないと思うけどな……」

フィルの言葉でやっと理解したらしいアリスターが、自信なさげに呟いている。

「そんなことないですよ！　アリスター殿下は口調は荒っぽいですけど、実際は素直で気遣いだってできるいい子じゃないですか！」

私の言葉に、アリスターはそのアイスブルーの瞳を大きく見開く。

「そういうところを他の人にもちゃんと知ってもらうんです！」

「……わ、わかった」

アリスターは戸惑った様子だったが、一応は納得してくれたようだ。

「あとは、どうやってアピールをするかだな……」

フィルの言葉に私も頷く。

「アリスター殿下って、クラスメイトに話しかけたり交流することってあります？」

「いや、あんまり。誰も怖がって近寄ってこねぇし……」

「じゃあ、自分から話しかけに行きましょう！」

「ええっ？　急に話しかけたら変に思われるだろ？」

「そこで、学園祭ですよ！」

私は自信満々に告げる。

ゲームのイベントにもあった学園祭ではクラス企画なるものがある。そこで、クラスメイトと交流を持つのはどうかと提案をする。

「クラスメイトに協力する姿を見せるだけで、ずいぶんイメージは変わると思うんですよね。まずは身近な人たちのイメージから変えていきましょう」

「そうだな。クラスメイトたちのアリスターに対する認識が変わったら、次の段階に移ろう」

「……わかった。やってみる」

アリスターは頷きながら小さな声で呟いた。

「あっ！　イメージ変えるんなら、この服装もきっちりしたほうがいいんじゃねぇの？」

アリスターが、ボタンを外した自身のブレザーを右手で摘みながら言う。

「それは絶対にダメです！　その中途半端に悪ぶってる見た目が大事なんですから！」

私は慌てて止めに入る。見た目を真面目に変えてしまうと、ギャップ萌えの魅力が大幅に減ってしまうからだ。

「……なあ、フィル。俺って中途半端に悪ぶってるように見えるのか？」

「………………」

「なあ？」

「……俺に聞かないでくれ」

三章
学園祭

学園祭の時期が近づき、それに向けて校内もにわかに活気づき始める。

実はこの学園祭には、ゲームの中でもターニングポイントとなる『後夜祭イベント』が含まれていた。

入学式から学園祭当日までは、全ての攻略対象者たちの共通ストーリーなのだが、後夜祭イベント以降は、ヒロインが選んだ攻略対象者の個別ルートへ入ることになる。

後夜祭イベントの内容は、ヒロインが自身の髪と瞳の色と、贈る相手の髪と瞳の色……二人の色を使ったミサンガを作り、それを攻略対象者に渡すことでルートが確定するというもの。

ミサンガを女性が手作りし、後夜祭で意中の相手に贈るという、この学園ならではの習わしに則ったイベントだ。

しかし、このミサンガは、友人同士で贈り合ったり、お世話になった先生や先輩に贈ったりと、比較的ラフな感覚で楽しめるものだった。

（……なんだかバレンタインみたい）

学園祭が間近に迫った今、女子生徒たちはこのミサンガの話題で大いに盛り上がっている。

もちろん、私が攻略対象者の誰かにミサンガを贈る予定はない。

おそらく、アデールがブライアンにミサンガを贈って愛を確かめ合うイベントにでもなるのだろう。いや、今のアデールは逆ハーレムルートにも見えるので、全員にミサンガを贈るのかもしれない。

（ミサンガか……）

昼休み、いつものように裏庭のベンチで隣に座るフィルの横顔をちらりと盗み見る。

ゲームのヒロインのように、愛の告白としてミサンガを贈る相手はいない。けれど、お世話になっている先輩となると話は違ってくる。

（フィル先輩に贈ってみようかな……？）

どう考えても、フィルには日頃からお世話になり過ぎている。ミサンガを贈る相手と言われたら、フィルしか思い浮かばない。

しかし、フィルにだけ贈ると、いじけて面倒くさいことになりそうな人物がいた。

今日はまだ来ていないが、あれからアリスターはギャップ萌え作戦の進捗を報告するため頻繁に裏庭に現れるようになり、今では昼休みに三人で過ごすことがほとんどだった。

仲間外れみたいになるのはよくないなと思い直し、私はフィルとアリスターの二人にミサンガを贈ろうと決める。

その時、フィルがこちらに顔を向けた。

「ルネのクラスは何をやるんだ？」

学園祭ではクラスごとに劇や飲食店などの企画をすることになっている。

「アニマルかき氷屋さんです」

「……なんだそれは？」

「アニマルな衣装で、かき氷屋さんをやるそうです」

「………」

クラス企画を決める際、意見が迷走に迷走を重ねてこれに決まってしまったのだ。私は悪くない。

「フィル先輩のクラスは何をやるんですか？」

「給仕カフェだ」

「給仕……？　なんですか、それ？」

「俺にもよくわからないんだが……」

そう前置きしたフィルの説明によると、男子は執事の衣装、女子はメイドの衣装をそれぞれ着て接客するカフェだという。

「あれ？　それって……」

「どうした？」

「いえ、ゲームでは、ヒロインのクラスが似たような企画をしていたので……」

ゲームでのルネのクラス企画がメイド喫茶で、ヒロインは愛らしいメイド服姿で攻略対象者たちを魅了していた。メイド喫茶も大盛況で、ヒロインのコスプレ回でもあったはずなのだが……。

「……ああ。なるほどな」

フィルが少し考えたあとに、そう呟いた。

「この給仕カフェの発案者がブライアン殿下なんだよ」

「ええっ！」

「妙な企画を出したと思っていたが……おそらく、ゲームのシナリオを変えるためなんだろうな」

クラス企画は三年生から順に決める権利があり、企画が他クラスと被ることは禁止されている。ブライアンのクラスが給仕カフェをするのならば、一年生である私のクラスが似た企画であるメイド喫茶をすることはできない。

フィルの言う通り、ブライアンたちがゲームのシナリオから外れるために計画したことなのだろう。

「悪い！　遅くなった」

そこにアリスターがやって来たので、私とフィルはゲームに関する話をやめた。

アリスターはいつものようにフィルの隣に腰を下ろす。

「アリスター殿下のクラス企画はなんですか？」

「お化け屋敷に決まった」

「いいですね！」

なかなか楽しそうな企画だ。

「フィルとルネのクラスは何をやるんだ？」

「給仕カフェだ」

「アニマルかき氷屋さんです」

「へぇ……。なんか、個性的なのやるんだな。二人とも接客か？」

「裏方だ」

「裏方です」

「……そっか」

「アリスター殿下はお化け屋敷で何をやるんです？」

「裏方」

「…………」

まさかの三人ともが裏方だった。

しかし、裏方に徹したほうがクラスメイトと交流を深めやすいと、フィルがアリスターをフォローしている。

そのまま、三人で学園祭を一緒に回ろうと、話は盛り上がっていった。

学園祭が一週間後に迫り、放課後はクラス企画の準備に追われている。

準備といえど、貴族の子息・息女ばかりが通う学園なので、衣装や機材などはほとんどが外注になるらしい。

それなのに、クラスでの人気が地の底に落ちている私は、手作りがやたら多くて面倒な宣伝係を押し付けられてしまった。なぜ、ポスターや看板は外注ではないのかと問いたい。

今は教室の片隅でたった一人、看板の文字の下書きをしている。

（うーん、こんな感じでいいかな？）

残念ながら、私は突出したデザインセンスなるものを持ち合わせてはいないため、ものすごく平凡な看板ができ上がる予感がする。

まあ、アニマルかき氷屋だということが伝わればそれでいいだろうと、文字の周りにかき氷と適当な動物のイラストを描いていく。

次は色を塗ろうと、その準備をしていると……。

「クレメントさん」

後ろから声をかけられ振り向く。そこには、クラスメイトのネイト・ビアンコが立っていた。

子爵家の三男か四男だったかで、もっさりとした黒髪に分厚いレンズの黒縁眼鏡をかけた、クラスでもあまり目立たないタイプのおとなしい男子生徒だ。背はそれほど高くはないが、イメチェン前のフィルに少し雰囲気が似ていた。

「あの、お手伝いしましょうか？」

「えっ！　いいんですか？」

「僕、今は手が空いているので……」

「お願いします！」

ネイトからの申し出に、食い気味で返事をする。

（ビアンコ君はやっぱり優しいな……）

入学してから二週間が経った頃、クラスで委員を決める際に、私は女子の輪からあぶれて図書委員に決まった。そんな私と同じように、男子の輪からあぶれて図書委員となったのがネイトだった。

同じ図書委員ということもあり、必要があれば時々会話をするくらいの仲だ。

それでも、私を避けるクラスメイトがほとんどの中、普通に会話をしてくれるだけでも貴重な存在だった。

「これから色付けをしていくんですか？」

「はい。下書きは終わったので」

「じゃあ、僕はこちら側の文字から塗っていきます」

ビアンコ君はなかなか器用で、下書きからはみ出すことなくスラスラと色を塗っていく。

私は……まあ、少しぐらいはみ出すのも味があっていいだろうと思うことにする。

二人で作業をしたので、予定よりも早く終わることができた。

「ビアンコ君が手伝ってくれたおかげで助かりました。ありがとうございます！」

笑顔でお礼を言うと、ネイトが黙ったままじっと私の顔を見つめる。

私も見つめ返すが、眼鏡の奥の瞳と視線が合わず、彼の表情がうまく読み取れない。

「クレメントさんは、今の状況を不満に思わないんですか？」

「えっ？」

「こんなふうに仕事を押し付けられてばかりで……。僕でよければ、いつでも力になりますから！」

どうやら、クラスメイトたちからの軽い嫌がらせに、ネイトは思うところがあるようだった。

（でも、どうしようもないし……）

私は心の中で苦笑いを浮かべる。ネイトの気持ちは嬉しいが、今のこの現状を打破することは難しい。

アデールには権力も財力もあるスパダリ攻略対象者たちが味方にいるが、当て馬ヒロインの私にはそんな都合のいい味方は現れないだろう。

だから、アデールがエンディングを迎えるまで我慢を続けるしかないのだ。

「そのうち皆飽きると思います……」

私はネイトにそう答えるしかなかった。

学園祭当日、私はクラスの衣装係から渡されたものに困惑していた。

「あの、これを着るんですか？」

「そうよ。クレメントさんは宣伝係でしょ？　だから、これを着て、いろんな場所で宣伝してきてね」

呆気に取られる私を見ながら、数名の女子生徒たちがクスクスと笑う。

私に渡されたのはクマの着ぐるみだった。

耳付きフードのあざと可愛い着ぐるみではなく、頭からガッツリ被るほうの着ぐるみだ。

しかも、クマの顔は両目の間隔が離れており、口元からは舌がぺろりと出ていて……絶妙に可愛くない。

他のクラスメイトたちは、動物の耳が付いたカチューシャや尻尾の飾りを付けてきゃっきゃとはしゃいでいる。

（あれだったら可愛かったのに……）

ヒロインである私の顔面は美少女なので、動物の耳付きカチューシャならとても似合っていたはずだ。どうやら、ヒロインの可愛さすらも封印するつもりらしい。

（ああ、だからミスコンも……）

学園祭の目玉イベントとして、貴族の学園なのに俗っぽいミスコンが開催される。その理由は、ゲームの学園祭でもミスコンが開催され、それにヒロインが出場していたからだと思う。

学園祭に訪れた一般客からの投票により、アデールを抑えて見事ヒロインが優勝するという、ヒロインの可愛らしさと人気の高さを証明するためのイベントだった。

そんなミスコンにはクラスから各一名が選出されるのだが、ブライアンたち生徒会が圧力をかけたのか、ただクラスでの人気がなかっただけなのか、私がミスコンの出場者に選ばれることはなかった。

（どうせ、アデールが優勝するんだろうな）

そんなことを考えながら、着ぐるみに着替えるため更衣室へと向かう。

しかし、ロッカー付きの更衣室はすでに満員だったため、仕方なく、簡易の更衣室となっている空き教室へと移動した。そこには同じクラスの女子生徒が数名いて、こちらをじろりと睨みながら何やらコソコソと囁き合っている。

そんな彼女たちとは距離を取り、まずは試しにクマの頭を被ってみた。

ペロリと舌を出した口の部分がメッシュ板になっており、そこから外が見える構造になっている。それでも、視界は悪いし、何より暑い。この姿で学園内を歩かなければいけないことに絶望的な気分になる。

（でも、これなら顔はバレないな）

このクマの頭を被っていれば、攻略対象者たちに遭遇しても私だと気付かれることはなさそうだ。そう気持ちを切り替えて、クマの着ぐるみに着替えていく。

この教室にはロッカーがないので、脱いだ制服を鞄（かばん）の中に入れようとした、その時……。

「あっ！」

半透明なラッピング袋の中、透けて見えるフィルのミサンガがほどけてしまっていることに気が付く。慌ててアリスターのミサンガも確認するが、こちらは無事だった。

（せっかく作ったのに……）

養母のクレメント男爵夫人から教わりながら作ったのだが、どうやら最後の詰めが甘かったらしい。

アリスターのミサンガを鞄の中に戻し、フィルのミサンガは時間を見つけて修理しようと、とりあえず着ぐるみのポケットにしまった。そして、畳んだ制服を押し込めた鞄は、教室の後ろにある棚の上に置く。

そんな一連の行動をずっと見られていたことに、私は全く気付いていなかった。

宣伝用のプラカードを持ちながら、クマの着ぐるみ姿で学園内を練り歩く。

それにしても……暑い。

宣伝係の仕事には明確な休憩時間が設けられていなかった。つまり、自主的に休憩を取っていいのだと解釈をした私は、好きなタイミングでクマの頭を外して休息を取る。

その度に周りの人たちからのギョッとしたような視線を感じるが、夢の国のキャラクターではないので、中の人が見えても問題ないだろう。

そうして時間を潰し……もとい、宣伝係の役目を全うした私は、フィルとの待ち合わせ場所である中庭へと向かう。

フィルはブライアンと私がうっかり鉢合わせをしないよう、ブライアンが給仕カフェで接客をしている時間帯を狙って休憩を取ってくれていた。残念ながらアリスターとは休憩時間が合わなかったので、フィルと二人で学園祭を回り、途中でお化け屋敷に顔を出すことになっている。

中庭にある噴水の前、背の高いフィルの姿が見え……。

(えええええっ！)

そこには、なぜか執事姿のフィルが立っていた。

(なんでフィル先輩が？)

てっきり、ブライアンのような接客担当だけが執事の格好をすると思っていたのに……。

黒のロングテールコートに同じく黒のストレートパンツ、そしてコートの中から白のシャツとグレーのベストがちらりと見え、背の高いフィルのスタイルのよさが際立っている。

それに、前髪を上げた姿がいつもと違って大人びて見えて……。

(控えめに言っても、めちゃくちゃ似合ってる！)

似合い過ぎていて、なんだか心臓がドキドキしてきた。

すると、フィルが右手で黒のネクタイを少し緩める仕草を……。

(おおおおっ！　白手袋してるっ！)

まさか、フィルの執事姿にこんなにも興奮するとは思わなかった。これが萌えというものなのか……。

私は興奮冷めやらぬまま、執事なフィルにクマの着ぐるみ姿のまま近寄っていく。

「フィル先輩！」

こちらを見てギョッとした顔のフィルに声をかける。

「その声……まさか、ルネなのか？」

「はい！　フィル先輩が執事になっててびっくりしました！」

「……俺も、お前の姿に驚いてるよ」

私は着ぐるみ姿になってしまった経緯を説明する。そして、裏方のフィルがなぜ執事の格好をしているのかと聞いた。

「クラス全員が強制で……仕方なくだ」

「いいじゃないですか！　似合ってますよ！」

鼻息荒くそう告げると、フィルが少し心配そうな表情になる。

「ずいぶん息が荒いが大丈夫か？」

「え？　……ええっと、このクマの被り物が暑くって」

まさか、フィルの執事姿に興奮したからとは言えない。

「これ、どうなっているんだ？　ちゃんと中から見えているのか？」

「この口の部分から見えるようになってます」

すると、フィルがクマの口元を覗き込んだ。メッシュ板越しとはいえ、突然フィルの顔が目の前に現れ、ドキリと胸が高鳴る。

「本当だな……。でも、これだと足元が見えていないんじゃないか？」

「そ、そうですね」

声が上擦ってしまう。

「それなら……ほら」

フィルが白手袋に包まれた左手を私に差し出した。

「え……？」

「危ないから、手を繋いでおいたほうがいい」

「あ、ありがとうございます」

私は着ぐるみに包まれたミトンのような右手を、差し出されたフィルの左手にぽふっと乗せる。

「よし、行こうか」

「はい」

そのまま、手を繋いで校舎に向かって歩き出す。

お互いが手袋越し……直接手を繋いでいるわけではないし、何より私の身の安全を心配してくれてのことだ。だけど、私の心臓はドキドキと早鐘を打ち続ける。

(これは恋人的なアレじゃなくて、安全対策なんだから……)

そもそも、フィルは執事姿だが、私はクマの着ぐるみだ。執事に手を引かれるクマ……。なかなかシュールな絵面だと思うと、少し心が落ち着いた。

「先に何か食べるか？」

「いいですね！」

私とフィルはパンフレットを見ながら、食べたいものを選んでは買い込んでいく。それらを外の飲食スペースで味わうことにした。

さすがは貴族が通う学校の学園祭、提供されるものはどれもレベルが高い。そういえば、私のクラスのかき氷も高級カットフルーツがたっぷりと乗せられていたことを思い出す。

「さすがに食べる時は外すんだろ？」

「はい。このままじゃ食べられないので……」

空いていた席に座って一息ついた時、そうフィルに言われた私は返事をしながらクマの頭を外した。

途端に周りがざわついて、視線が一気に私に集まる。

「え？　……ええっ？」

なぜこんなにも注目を浴びているのかわからず、私は周りをキョロキョロと見渡し、助けを求めてフィルの顔を見た。

「一緒に歩いていた時から、ずいぶんと見られていたな」

「そうなんですか？」

一人の時にも何度かクマの頭を外していたが、ここまで注目を浴びることはなかったのに……。

どうやら、執事とクマというシュールな組み合わせが、思った以上に人目を引いたようだ。

「どうしましょう？」

「気にするな。放っておけ」

フィルはそう言うと、さっさと食べ始めてしまう。

そんなあっさりとした彼の態度につられて、私もフォークを持ち食事を始めようと……。

「あっ……」

フォークが手から滑り落ち、地面でカシャンッと音を立てる。

「大丈夫か？　新しいフォークを……」

「す、すみません。この手だとうまく持てなくて」

新しいフォークを貰おうと椅子から立ち上がりかけたフィルに、慌ててそう告げる。

貴族令嬢にあるまじき失態だが、それは私のマナーに問題があるせいではなく、着ぐるみの手の部分がミトンのようになっており、細いフォークの柄を持ち続けるのが至難の技だからだ。

「それは困ったな」

そう言ったフィルは少し考え込んだあと、にやりとその口の端を上げた。

その見たことのない少し意地悪そうな笑みにドキリと心臓が跳ねたあと、じわじわと嫌な予感がしてくる。

「じゃあ……ほら」

フィルは目の前に置かれた皿からベーコンの切れ端をフォークで刺し、私の口元へと運ぶ。

「あ、あの……」

「フォークを持てないなら、俺が食べさせるしかないだろ？」

「いや、でも……」

まごつく私に、フィルはいい笑顔を向ける。

「気にするな。お前だって俺に食べさせてくれたじゃないか」

「え?」

「アリスターが持ってきてくれたクッキー」

「あ……」

それは、裏庭でロイヤルなクッキーをフィルに食べさせたことを言っているのだろうか?

正確には食べさせたというよりも、口にクッキーを押し込んだというのが正しい。

「だから、遠慮しなくていいぞ」

「……………」

結局、私はフィルの申し出を断りきれずに、ゆっくりと口を開いた……。

◇◇◇◇◇◇

私はクマの頭を再び被り、フィルと共にアリスターのクラス企画であるお化け屋敷へと向かっている。もちろん、また手を繋いで。

(ううっ……)

先程の、フィルに食べさせてもらうという恥ずかしい出来事を、なかなか消化できずにいる。

私が照れれば照れるほど、フィルが楽しそうにしていたのは気のせいではないはずだ。

食事を終えてからのフィルは上機嫌で、私ばかりが恥ずかしい思いをさせられているようで少しだけ悔しくもあった。

ここはちょっとやり返してやろうという気持ちが湧き上がる。

「フィル先輩って、お化け屋敷に入ったことってあるんですか？」

「ないな」

やはりそうだ。貴族であるフィルが、お化け屋敷のような俗っぽいものに入る機会はないと思っていた。

私は勝ちを確信する。なぜなら、私は前世の幼い頃、家族で行った遊園地でお化け屋敷を体験済みだからだ。

（もしかしたら、お化けを怖がるフィル先輩が見られるかも……）

ククク ッ……と、クマの被り物の中で悪い顔をしながら渡り廊下を歩いていく。

「ここだな」

「へぇ……雰囲気ありますね」

お化け屋敷は教室ではなく小ホールに作られていた。入口の扉には血の手形らしきものがベタベタと付けられ、真っ白な仮面にボロボロのローブを纏（まと）った案内人がぽつんと一人佇（たたず）んでいる。

私たちが近づくと、無言のまま案内人が扉を開けた。

「中はけっこう暗いな……。ルネ、危ないからクマの頭は外しておけ」

「そうですね。……じゃあ、コレお願いします」

私は外したクマの頭を案内人に渡す。

「あとで取りに来ますから」

クマの頭を受け取った案内人は、無言でこくりと頷いた。どうやら喋らない設定らしい。

私とフィルが並んで中に足を踏み入れると、後ろからガチャンッと扉が閉められてしまう。

途端に辺りは真っ暗になり、足元の赤い照明が不気味さを増長させる。

（なんか、思ったよりも暗いな……）

まあ、これくらいのほうがフィルも怖がるだろう。もしかしたら、情けない悲鳴を聞けるかもしれない。

「さあ、進むぞ」

「はい！」

そうして私たちは暗闇の中を歩き出したのだが……。

「いやぁぁぁっ！」

「ルネ！　落ち着け！」

「ぎゃぁぁぁぁっ！」

「大丈夫だ！」

怖い！　怖過ぎる！

血まみれのゾンビやらピエロやらが、角を曲がるたびに現れては追いかけてくる。

「も、もう無理です！　帰ります！」

「あと少しだから」

「だって、絶対あの曲がり角に何かいますって……いやぁぁぁ！　ほら！　やっぱりいるじゃないですかぁぁぁ！」

「だから、落ち着け！　中身は人間だ！」

わかっている。わかっていても怖いものは怖いのだ。

よくよく思い出せば、前世の遊園地のお化け屋敷は機械仕掛けだった。人が演じるお化けがこんなにも恐ろしいとは……。

「ほら、出口が見えたぞ」

しかし、出口の手前、そこは少し広い空間になっており、真ん中には黒塗りの棺が置かれている。

「絶対出てくるっ！　絶対出てくるっ！」

もう棺から何かが出てくる未来しか見えない。

「わかった、わかった。俺が前を歩く」

「フィル先輩ぃぃぃぃ」

勇敢なフィルが私を庇うように前を歩いて棺に近づき、私はその後ろをぴったりと付いて歩く。しかし、棺の蓋は動くことなく静かなままだ。

（……あれ？）

そう思った時、右肩をぽんぽんと叩かれた。……後ろから。

振り向くと、そこには爛（ただ）れた皮膚に包帯を巻いた男の姿が……。

「ぎぃぃぃやぁぁぁ！」

「ルネ！」

私の悲鳴に驚いたフィルが振り向く。私は叫びながらフィルの胸に飛び込み、しがみついた。

「お、おい」

「もう帰りたいよぉぉぉ！」

戸惑うようなフィルの声を無視して、私は半泣きで懇願する。

「あはははっ！」

すると、そこに場違いな笑い声が響いた。見ると、包帯男が腹を抱えて爆笑している。

「俺だよ、俺」

包帯男はそう言うと、左手に持った照明魔道具を点灯させ、顔のマスクをズルッと剥ぎ取った。

そこには、見慣れた金髪にアイスブルーの瞳があり……。

「アリスター！」

「アリスター殿下！」

私とフィルの声が重なる。

「いやぁ、こんなに怖がられると思わなくってさ」

「こ、怖がってませんからぁ！　驚いただけですからぁ！」

「そんな状態で言われてもなぁ」

アリスターの呆れた声で我に返る。気付けば、私は真正面からフィルに抱き付くような格好になっていた。

おそるおそる顔を上げると、私を見下ろすフィルと視線がぶつかる。

「す、すみません！」

「いや……」

慌ててフィルの身体から両腕を離して、後ろに飛び退いた。恥ずかしさが遅れてやって来て、顔が熱くなる。

結局は、また私だけが恥ずかしい思いをすることになってしまった。

「それにしても、裏方じゃなかったのか？」

軽く咳払いしたあとに、フィルがアリスターに尋ねる。

「この役をしてた奴が体調悪そうだったから、俺が代わりにやってんだよ」

私は包帯男に扮するアリスターの姿に目を遣る。

（なるほど……）

明るいところで見る包帯男は、巻いている包帯の長さが足りずに、いい腹筋が丸見えになっていた。きっと、本来の包帯男役はもっと細身だったのだろう。

「悪い。次の客が来るみたいだから、あとでゆっくりな！」

再び包帯男のマスクを被ったアリスターと別れ、私とフィルはお化け屋敷をあとにする。

ちょうどフィルの休憩時間も終わりとなってしまい、一人になった私はクマの着ぐるみ姿で宣伝を続けることにした。

(そろそろいいかな……)

学園祭も終盤となり、宣伝も終わりでいいだろうと勝手に判断をして更衣室へと向かう。

すると、中庭から大きな歓声が聞こえた。

クマの頭を外し、廊下の窓から中庭を見ると、ちょうどミスコンの結果発表のタイミングだった。

(ヤバいっ！)

ミスコンの結果発表ということは、中庭にはアデールと攻略対象者たちが勢揃いしている可能性が高い。私は慌ててクマの頭を被り、急ぎ足でその場から立ち去る。

この時、優勝者を発表する司会者の声は、私の耳には届いていなかった……。

簡易の更衣室となっている空き教室へと辿り着き、深く安堵の息を吐く。やっとこのふざけたクマの着ぐるみとお別れできる。

「ん？」

着替えるために鞄から制服を取り出した時、あることに気付いた。

「あれ？　……ない」

鞄に入れていたはずのアリスターのミサンガがなくなっている。

慌てて鞄の中をもう一度確認し、鞄を置いていた棚も探してみるが見つからない。落としてしまったのかもと思い、落とし物の管理をしている場所を尋ねてみるも、見つからなかった。

しかし、今から新たにミサンガを作る時間はない。それに、フィルのほどけてしまったミサンガの修理もしなければならない。

（フィル先輩にだけこっそり渡すしかないなぁ）

私はため息を吐いた。

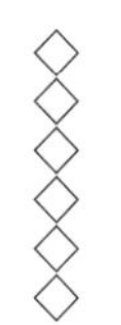

この学園の後夜祭は大ホールにてパーティーが催される。

攻略対象者たちを含めた生徒全員が一堂に会するパーティーに、私は出席をするつもりはなかった。しかし……。

『ルネさん。後夜祭のパーティーで着るドレスを注文しましょうね？』

それは、養母であるクレメント男爵夫人の言葉。

彼女に学園での状況を説明し、パーティーを欠席すると言えば心配をかけてしまうだろう。

結局、クレメント男爵夫人の申し出を断ることができず、素敵なドレスが用意され、後夜祭のパーティーを欠席することができなくなってしまった。

そんな話をフィルとアリスターにしたところ、パーティー会場を抜けて三人で過ごせばいいと言ってくれたのだ。


夕闇が広がり、中庭に設置されている魔道具に明かりが灯る。

（そろそろダンスが始まる頃かな？）

私はドレスに身を包み、フィルとアリスターが来るのを、誰もいない中庭のベンチに座って待っていた。

二人は途中で抜けてくると言っていたが、パーティーにはフィルの友人だって参加するだろうし、王族のアリスターがすぐに席を外すと目立つだろう。

せっかくドレスアップをしたのに、こんな場所に一人でいる今の状況を自嘲気味に笑ってしまう。

淡いピンクのそのドレスは、スカート部分に施された刺繍（ししゅう）が重ねられたレースから透けて見え、可愛らしくも上品なものだった。ドレスを着た姿を鏡で見た時、似合い過ぎてびっくりしてしまったほどだ。

「ルネ！」

そこにフィルの声が響いた。

「え？　フィル先輩？」

早い。早過ぎる。まだパーティーが始まって三十分も経っていない。

私は慌ててベンチから立ち上がる。

「待たせて悪かった」

フィルは前髪を上げたヘアスタイルのまま、濃い青のタキシードを身に着けていた。

執事姿も似合っていたが、タキシードもよく似合っている。そのことを伝えようと口を開くが……。

「ルネ。そのドレス、よく似合っているな」

先に思わぬ褒め言葉を貰ってしまう。

自分でも似合うとは思っていたが、フィルからそう言われると、こそばゆい気持ちになって落ち着かない。

「あ、ありがとうございます。フィル先輩もお似合いですよ」

フィルは黙ったまま柔らかい笑みを浮かべている。私はなんだか居た堪れない気持ちになり、少し早口で会話を続けた。

「あまりに早くてびっくりしました」

「一人で待つのは寂しいだろ？」

「私はそんな子供じゃないですし」

そう言いながらも、フィルが私を心配して、急いで会場を抜けてきてくれたことは素直に嬉しかった。

「そうだ！　フィル先輩に渡したいものがあるんです」

私は無事に修理を終えたミサンガを鞄から取り出す。

私の髪と瞳の色である栗色と翠、そして、フィルの髪と瞳の色である濃紺と榛色で作ったもの。

ラッピングされたそのミサンガを差し出すと、フィルの目が大きく見開かれる。

「いつもお世話になっているお礼です！」

受け取ったフィルはラッピングを解き、取り出したミサンガをしげしげと眺める。

「ルネが作ってくれたのか？」

「はい！　けっこう上手くできてるでしょう？」

「ああ。よくできている。……ありがとう」

フィルの嬉しそうな表情と声に、こちらまで嬉しくなってしまう。

「よかったら、結びましょうか？」

「ああ、頼む」

ミサンガを受け取り、差し出された左の手首に巻き付けていく。

「あっ！　このことはアリスター殿下には内緒にしてほしいんです」

「え？」

「フィル先輩にしか用意してないんですよ」

アリスターのミサンガを紛失してしまったことがバレたら、きっと拗ねて面倒くさいことになるのが目に見えている。

「俺にだけ……」

「だから、バレないようにお願いしますね。はい！　結び終わりました」

フィルは左手首に巻かれたミサンガを愛おしげに見つめ、右手の指先でそっと触れる。

「大切にする」

ぼそりとそう呟いたフィルに、私は満面の笑みを向けた。


そのまましばらく二人で過ごしていると、アリスターの声が聞こえてくる。

「遅くなって悪い！」

「いえ、早かったですね」

アリスターは来るのにもっと時間がかかると思っていた。

「だって、一人で待ってんのは寂しいだろ？」

フィルと全く同じことを言うアリスターに、私とフィルは顔を見合わせて笑ってしまう。

この学園では嫌な思いをすることのほうが多い。それでも腐らずにやっていけるのは、フィルとアリスターが側にいてくれるおかげだった。

ゲームに登場していなくったって、悪役になっていたかもしれなくったって、彼らはこんなにも優しく、私にとってかけがえのない人たちだ。これからの学園生活も、フィルとアリスターと一緒ならきっと大丈夫だと……そう思えた。

side ブライアン

「ブライアン殿下、アデール様。ご歓談中に申し訳ございません。少しお時間をよろしいでしょうか?」

パーティーも終盤に差しかかる頃、私とアデールのもとに三人の女子生徒たちがやって来て、そう声をかけてきた。彼女たちはアデールの派閥に所属しており、ルネ・クレメントのクラスメイトでもあった。

ルネについて内密に話したいことがあると言われ、別室へと移動する。

私とアデールが並んで座り、その後ろには騎士団長の子息のクライブが立つ。そして、テーブルを挟んだ対面に三人の女子生徒たちが並んで座った。

「人払いは済ませてある。話を聞こう」

彼女たちは緊張した面持ちだったが、意を決するかのように話し始める。

「実は、クレメントさんの鞄からこんなものが……」

そう言いながら渡されたのは、ミサンガが入った半透明の小さなラッピング袋。

それを見た途端にアデールの顔色が変わる。

ミサンガ自体はよくある模様で編まれていたが、問題は使われている色にあった。栗色と翠はルネの色、金とアイスブルーは王家の色……つまり、私の色だ。

「殿下にはアデール様という素晴らしい婚約者がいらっしゃるのに……」

「クレメントさんは、未(いま)だにそのことを理解されていないようなのです！」

向かいに座る女子生徒たちは、ルネが私にミサンガを贈ろうとしていたことに憤慨している。

本来ならば、許可なく他人のものを持ち出したことを咎(とが)めるべきなのだが、私の頭の中は別のことで埋め尽くされていた。

なぜなら、私はこのミサンガの本当の意味を知っている。

（ヒロイン(あの女)は私のルートを選んだのか？）

パーティー会場にルネの姿は見えなかった。だから、個別ルート自体が消滅したと安心していたのに……。結局は、こうして私のもとにミサンガが届いてしまった。

（あれだけ警告をしても、この私に好意を持つとは……）

ルネの往生際の悪さに苛立つ。

そんな、こちらの事情を知らない女子生徒たちが、さらに話を続ける。

「ミスコンも彼女が仕組んだことではないでしょうか？」

「一体、なんの話だ？」

「クレメントさんは、クマの着ぐるみ姿でクラス企画の宣伝をしていたのです」

「っ！」

ミスコンもゲームのイベントだと知り、ルネが出場できないように仕向けた。

これならば、今年もアデールの優勝で決まりだろうと思っていたのに……なぜか、出場者ではない『クマの着ぐるみの女の子』が最も票を集めたのだ。

そのせいで、結果発表の場は白けた空気が漂う最悪なものとなってしまった。

（つまり結果だけを見れば、ミスコンも後夜祭イベントも、ゲームのストーリーと何ら変わりなかったということか……）

ゲームの強制力は一筋縄ではいかないのだと実感する。

（このままでは、シナリオ通りにアデールが悪役令嬢になってしまう）

焦燥感に駆られながらも、全ての元凶であるルネに怒りと憎しみが募る。

ふとアデールを見ると、深い海のような瞳は不安げに揺れており、その縋（すが）るような表情に思わず彼女の手を摑（つか）んだ。

（ヒロイン（あの女）からアデールを守らなければ）

そして、私は彼女を安心させるように微笑んでみせた。

四章
ヒロインと階段は相性が悪い

体育祭に引き続き、ゲームのイベントにも攻略対象者たちにも関わることなく、学園祭が終わった。

次のイベントはブライアンルートの街デートだが、これはフィルの言う通り、一人で中心街を歩かなければ大丈夫だろう。

それから先のストーリーは全くわからないが、今までのようにブライアンたちがイベントを回避するために勝手に画策してくれるはずだ。私がそれに抵抗しなければ、案外平和にやっていけるんじゃないかと考えていた。

しかし、学園祭の翌日、ミスコンの優勝者がアデールではなく『クマの着ぐるみの女の子』だったと聞いて、白目を剝きそうになる。

（ど、どうしよう？）

微妙にゲームと同じ結果になってしまった。

別のクマの着ぐるみの話であってくれ……と、祈りながら不安な日々を過ごしていたが、結局、そのことでブライアンたちに絡まれることはなかった。ルネの名前で優勝したわけではないので、セーフ判定だったのかもしれない。

そして、いつの間にか学園祭の余韻も消え、学園内は前期試験に向けてピリピリとした空気を纏い始める。

「アリスター、今までの試験結果はどうだった？」

いつもの裏庭、フィルからの突然の問いに、アリスターは少し眉を下げながら答える。

「あー、去年の後期は……真ん中よりは下だったかな？」

「それは、必死に勉強をした結果か？」

「いや、試験勉強はあんまり……。っていうか、急になんなんだよ？」

アリスターが訝しげな表情になる。

「学園祭でクラスメイトたちと打ち解けたとはいえ、学園全体で見るとまだまだだろ？　だったら、もっと大勢にわかりやすくアピールする必要があると思ったんだ」

「それが前期試験ですか？」

私はロイヤルなマカロンを頬張りながら、二人の会話に口を挟む。

この学園では年に二回、前期と後期に分けて試験が行われる。その結果によっては、例え爵位が低くとも文官として王城に勤めることも夢ではなくなるし、自身に箔を付けて婚約者選びを有利に進めることもできるという、生徒たちにとっては将来に関わる大切な試験だ。

ちなみに、私は光魔法のおかげで卒業後は王城勤務でほぼ間違いがなく、試験の結果が将来に影響を与えることはほとんどない。

どうやらフィルは、ギャップ萌え作戦の次なる手として、この試験を利用することを思いついたらしい。

「ああ。上位十名以内に入ればいいアピールになる。今までたいして試験勉強をしてこなかったのなら、伸びしろはありそうだしな」

「上位十名って、そんな簡単に……」

「簡単じゃないからインパクトがあるんだろ？」

「そうだけど……俺は兄上みたいに優秀じゃないから……」

アリスターが少し俯きながら、ぼそぼそと呟くように答える。どうやら、ブライアンはメインヒーローらしく文武両道のようだ。

「別にブライアン殿下は関係ないだろ？　ただ、お前のイメージを変えるための戦略だ」

その言葉にアリスターは顔を上げて、じっとフィルの顔を見つめる。

「何事も、まずはやってみてからだと思うぞ？」

「……そうだな。やってみるよ」

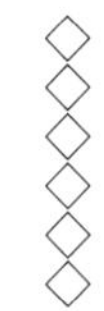

今日の放課後は図書委員の当番の日だった。私は図書室の受付カウンターに座りながら、自習スペースに視線を向ける。
そこには、並んで勉強をしているフィルとアリスターの姿があった。その珍しい光景に、図書室にいる生徒たちがチラチラと視線を送り、何やらこそこそと話している。

数日前の作戦会議で、アリスターが前期試験で好成績を取れるように勉強をすることになったのだが、やはり一人では行き詰まってしまったようで、フィルが試験勉強を手伝うことになったのだ。

ついでに、もし好成績を取った時に不正などの噂が流れないよう、あえて生徒たちの目がある場所で勉強をしたほうがいいだろうということになった。

優しい二人は私のことも誘ってくれたのだが、残念ながら私もアリスター並み……いや、それ以上に好感度が低い。そんな私がアリスターの友人だと知られてしまえば、ギャップ萌え作戦に支障をきたすかもしれない。

そう思い、泣く泣く勉強会の誘いを断ったのだ。決して、毎日勉強をするのが嫌だったからではない。

「今日の図書室はいつもより騒がしいですね」

隣に座る、同じ図書委員であるネイトが小声で話しかけてきた。私も同じように小声で言葉を返す。

「たぶん、フィル先輩とアリスター殿下が一緒に勉強をしているからですね」

「たしかに、珍しい組み合わせですね」

そう言って、ネイトも自習スペースに視線を向けた。

「お二人とは仲がいいんですか？」

「ネイトの質問に驚いてしまう。

あの二人と会っているのは、人目に付かない裏庭だったのに……と、ネイトの質問に驚いてしまう。


「あ……」

「いえ、クレメントさんが『フィル先輩』と、名前で呼んでいたので……」

名前に敬称も付けずに呼ぶのは、親しい間柄だから許されることだ。

「えっと、実はそうなんです。アリスター殿下と交流はありませんが、フィル先輩には日頃からお世話になっておりまして……」

危ない危ない。アリスターとも交流があることは隠さなければ。

「そうなんですね。羨ましいです」

「羨ましいですか？」

「はい。僕はあまり人付き合いが得意ではなくて……」

ネイトはそう言いながら、自信なさげに俯いた。

たしかに、ネイトはクラスでも一人で本を読んでいる姿をよく見かける。

「それは、得意になりたいんですか？」

「え？」

「いえ、得意じゃないなら無理にやらなくてもなぁ……なんて思っただけです」

「…………」

しまった。ネイトが無言で固まっている。

こういう相談事を聞くのが私は何より苦手なのだ。

アリスターの場合はフィルがいたので横から口を挟んでいたが、一対一で相談をされて相手の望む言葉を言えたためしがなかった。フィルのような精神科医（カウンセラー）スキルが皆無なのだ。

「失礼なことを言ってしまい、申し訳ありません……」

とりあえず、家庭教師仕込みの謝罪の言葉を繰り出しておく。すると、ネイトがクスクスと小さく笑い出した。

「こちらこそ、すみません。……クレメントさんは面白いですね」

「そうですか？」

「ええ。人付き合いが得意じゃないと伝えれば、『じゃあ、私と友達になりましょう』と言ってくれるのかと思いました」

「そういうものなんですね。じゃあ、次からはそう言うようにします」

私は失敗をちゃんと次に活かすタイプだ。

「ふふっ……次からはお願いしますね」

五日間にわたる前期試験がやっと終わり、いよいよ試験結果が発表される日がやってきた。

私は自分の結果よりも、アリスターのことが心配でそわそわしてしまう。

ゲームでは悪役だったから……その理由だけで、今まで辛い思いをしてきたアリスターが、第三騎士団という自分の居場所を見つけたのだ。どうか団員に認められるよう、これまでの彼の苦労と努力が報われてほしい。

そんな落ち着かない気分のまま午前中の授業が終わり、ついに中庭に試験結果が貼り出された。

いつもなら、人目を避けるために教室からダッシュで食堂に直行していたが、今日だけは急いで中庭に向かう。皆、試験結果が気になるのだろう。私と同じような生徒がすでに集まりはじめている。

試験結果が公表されるのは、学年ごとの上位十名のみ。私は大きく貼り出された二年生の試験結果を一位から順に目で追っていく。

（一位、二位、三位、四位…………あっ！）

「あった！」

私が叫ぶ前に、後ろからアリスターの大きな声がした。

『八位　アリスター・マリフォレス』

成績上位者十名の中に堂々とアリスターの名前が載っていた。

アリスターの声に反応してか、その場にいた多くの生徒たちが、アリスターと貼り出された試験結果を見て驚きの声をあげている。しかし、そんな周りには目もくれず、アリスターは一人の男子生徒に向けて声を張り上げていた。

「フィル！　俺、やったよ！」

「ええ。おめでとうございます。よく頑張られましたね、殿下」

そんなアリスターの側にフィルがゆっくりと歩み寄る。

ここは裏庭ではないのでフィルは貴族口調だったが、その表情には喜びが顕になっていた。

「フィルのおかげだ。ありがとう……」

そう言いながら、そのアイスブルーの瞳にはうっすらと涙が浮かび上がっている。

慌てたアリスターは恥ずかしそうな表情で、乱暴にごしごしと右手で目元を擦っていた。

私はアリスターやフィルに見つからないように、こっそりと二人を眺めながら心の中で盛大な拍手を送る。

皆もそんなアリスターに注目し、その様子をじっと見つめていたが、そこには驚きと共に好意的な視線ばかりが集まっていた。

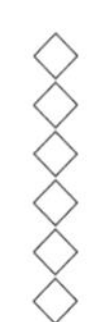

前期試験の結果をきっかけに、生徒たちのアリスターを見る目が好意的なものへと変わり始める。ただし、八位という結果そのものよりも、中庭で男泣きをした姿が印象的だったらしい。
そして、そんなアリスターの男泣き現場にいたフィルに対しても、注目が集まるようになっていた。図書室でアリスターに勉強を教えていた姿を目撃していた生徒も多く、アリスターが変わったのはフィルの影響ではないかという噂が流れたのだ。
まあ、私に対しての評価は相変わらず超低空飛行を続けていたが、それでも大切な友人であるフィルやアリスターが周りから認められている状況に、私はかなり浮かれていた。
そう、自分が当て馬ヒロインであることをすっかり忘れて、浮かれてしまっていたのだ……。

その日は放課後に図書委員の当番があり、私は鍵を持ってネイトと共に図書室へと向かう。

その途中で担任の教師から呼び止められ、課題の提出期限が今日までだと告げられた。

慌てた私はネイトに先に図書室へと向かうよう頼み、課題を提出してから遅れて図書室へと急いだ。

（あっ……鍵！）

その時に、図書室の鍵を私が持ったままだということに気が付く。

ネイトが図書室の前で困っているだろうと、私は周りに他の生徒がいないことを確認してから廊下を猛ダッシュする。

息があがりながらも図書室へと向かう階段を駆け上っていると、上から階段を下りてくる人の気配を感じた。もしかして、ネイトかも……と、思いながら深く考えずに顔を上げる。

そこには、ストレートの長い銀の髪に、深い海のような青の瞳が美しい……転生悪役令嬢の姿があった。

アデールは、私の姿を見つけた途端にその美しい青の瞳を大きく見開き、驚きを顕にする。

きっと、私も彼女と似たような表情をしていると思う。

そして、距離はあるが、階段の途中で向かい合ったまま互いに足を止めてしまった。

(これは……)

私は自身の状況を把握し、じんわりと嫌な汗をかく。

学園が舞台の乙女ゲームでは、階段というありふれた場所が重要な事件発生ポイントになることがある。

いや、もう事件の大半は階段で起きていると言っても過言ではないのかもしれない。それくらい、階段では誰かが突き落とされている。

そして、その階段での事件が、クライマックスの断罪シーンで証拠として取り上げられるのだ。

ただ、問題は、誰がどのように突き落とされるのか……というところにあった。

普通の乙女ゲームならば、悪役令嬢が嫌がらせのためにヒロインを階段から突き落とす。犯人は悪役令嬢。実にシンプルだ。

しかし、転生悪役令嬢が主人公の物語だと、ヒロインがわざと階段から落ちて、悪役令嬢を犯人に仕立て上げようとする。つまり、ヒロインの自作自演。

（……どっちにしても、落ちるのはヒロインだな）

そして、それを現在の状況に当てはめると、アデールは乙女ゲームの強制力によって自身がヒロインを落とす側になることを恐れている。

私は転生悪役令嬢が主人公の世界であることに気付いているので、当て馬ヒロインらしくアデールに冤罪をかける役割になることを恐れている。

そのせいで、二人共が階段で動けなくなってしまったのだ。

でも、考えてみると、すでに私の断罪は入学式で終わっている。主人公のアデールが今さらヒロインに危害を加えようとはしないだろうし、私だって自作自演をやるつもりはない。

だから、このまま普通に階段を上って、何事もなくすれ違えばいいのではないだろうか？

（…………いや、ないな）

私は一瞬頭に浮かんだ考えを即座に否定した。

わざわざアデールに近寄ることになんのメリットもないし、何かが起こった時に被害を被るのは当て馬ヒロインである私だ。少し遠回りになってしまうけれど、別の階段を使って図書室に向かうことにする。

そう決めた私は、一段上に乗せていた片足をそっと下ろした。すると、それだけでアデールがビクリと身体を震わせる。

（そんなに怯えなくても……）

私はちらりとアデールの表情を盗み見る。強張った面持ちに、心なしか顔色だって悪そうだ。

それほどまでにヒロインが怖いのだろうか？

攻略対象者が全員味方に付いていて、彼らが私に対してざまぁまでしてくれたのに？

まあ、心配症な転生悪役令嬢なのだろうと勝手に納得をして、私はくるりとアデールに背を向ける。

そして、そのまま階段を下りようと足を一歩踏み出したその時だった……。

「貴様っ！　そこで何をしているっ！」

怒鳴り声が私の背中側……つまり、階段の上から響き渡る。

私はその声に思わず振り返り……しまった、と思った時にはすでに遅かった。

右足は階段を下りようと踏み出しているのに、身体を捻ってしまった私はバランスを崩してしまう。

（あっ……）

反射的に左手で手摺りにしがみついたが、バランスを崩してしまった身体を立て直すことはしまう。

できず、結局そのまま階段を踏み外し、踊り場までの数段を腰とお尻を打ち付けながら落ちて

「……っ！」

私はあまりに突然の出来事と痛みに、踊り場に座り込んだまま動くことができない。

「大丈夫ですかっ！」

今度は怒鳴り声とは別の声がして、誰かが慌てた様子で踊り場まで階段を駆け下りてきた。

「怪我は……いや、痛いところはないですか？」

そう言いながら、私に駆け寄ってきたのはネイトだった。

座り込んだままの私の側に膝をつき、心配そうに顔を覗き込む。

「ビアンコ君……？」

「なかなか図書室に来ないから、心配で見に来たんです」

その時、階段の上から声が響いた。

「アデール、大丈夫か？」

声のほうに視線を向けると、アデールに駆け寄るブライアンの姿があった。

「わ、私は大丈夫です」

「よかった……」

ほっとしたように息を吐いたブライアンは、今度はそのアイスブルーの冷えた瞳を私へと向

ける。

「一体、アデールに何をした？」

怒りに満ちた声と表情のブライアンに見下ろされ、私は息を呑む。

「殿下……お言葉ですが、階段から落ちたのはクレメントさんです」

するど、まさかのネイトが私を庇ってくれた。

「だから、クレメントさんがワウテレス嬢に何かをするはずがありません」

普段はおとなしく目立たないネイトが、第一王子であるブライアンに臆することなくきっぱりと告げる。

「……では、アデールがそこの女に何かしたとでも言いたいのか？」

「いえ、そのような意味ではありません。殿下も見ていらっしゃったでしょう？　クレメントさんはたまたま足を滑らせただけで、ワウテレス嬢はこの件には無関係です」

すると、ブライアンは形のいい薄い唇の端をつり上げる。

「ならば、アデールが無実であることをお前は証言できるんだな？」

「はい。もちろんです」

「そうか……。つまり、その女は一人で勝手に階段を転げ落ちたということだ」

ブライアンのその言葉を聞いた私はひどく嫌な予感がした。

そして、ブライアンの怒鳴り声を聞きつけたのか、数名の生徒たちが何事かと階段に集まってきている。

「ルネ・クレメント男爵令嬢！　これでアデールの無実は証明された。自作自演でアデールを陥れるつもりだったようだが……残念だったな」

「な、何をおっしゃっているのですか？」

ブライアンの発言にネイトが驚きの声をあげる。

「お前が言ったんじゃないか。アデールは無実で、クレメント嬢が一人で勝手に転げ落ちたと」

「ですから、それは事故だということを申し上げただけです！　それに、クレメントさんが落ちたのは、殿下の怒鳴り声に驚いたからで……」

「どこにそんな証拠があるんだ？」

「は？」

「この女がアデールを陥れるつもりはなく、ただの事故であった証拠は？」

「それは……。でしたら、殿下こそ、クレメントさんが自作自演だとどのように証明するのです？」

ネイトがブライアン相手に必死に食い下がる。

そんなネイトに、ブライアンが苛立たしげな表情で鋭い視線を投げつけた。

「お前は知らないだろうが、ルネ・クレメントは、そういうことを平気でやるような女なんだ」

「殿下！　それでは証明になら……」

なおも食い下がろうとするネイトの服の端を、私は慌てて引っ張った。驚いた表情でこちらに顔を向けたネイトに、私は無言で首を横に振る。

相手は王族だ。これ以上は不敬になってしまうかもしれない。

「ブライアン様……あの、私はなんともありませんし、そんなに怒らずとも大丈夫ですから！」

この場を丸く収めようとしたのか、今度はアデールが必死にブライアンへと訴える。

すると、ブライアンはその表情をやっと緩めた。

「……ああ、わかった」

そして、私たちを一瞥したあと、柔らかな笑みを作りながら心配そうにアデールに声をかける。

「さあ、行こうか」

しかし、アデールは戸惑った様子でこちらにちらりと視線を投げかけた。

「心配することは何もない」

再度ブライアンに声をかけられると、彼女は私たちから目を逸らす。

（あ…………）

その瞬間、アデールの唇がわずかに笑みの形を作り……そのまま何も言わずに、彼女はこちらに背を向けてしまう。

そして、ブライアンとアデールの二人が階段を上がって姿が見えなくなると、私たちの様子を窺っていた他の生徒たちも、そのまま階段から離れていく。

ただ、三人の男子生徒が踊り場に座り込んだままの私を侮蔑に満ちた視線で睨みつけながら、横を通り過ぎていった。

「…………はぁ」

私は深い深いため息を吐く。

先程の、去り際に見せたアデールの微かな笑み。それが無意識であろうとなかろうと、彼女はこの状況を悪く思っていないということになる。

私に対しての怯えた様子や、ブライアンの怒りを収めたことを見るに、アデールはヒロインを積極的に攻撃しようとは思っていない。けれど、ヒロインを助けようとする気もないのだろう。

それに、以前フィルが言っていたように、やはりブライアンの性格はゲームとは全く違っていた。これほどまでに攻撃的で話が通じないとは……。

(これは……完全に詰んだ)

私は思い知らされる。ざまぁが終わっても、当て馬ヒロインはアデールとブライアンの愛を確かめ合うための舞台装置として、これからも働かされるのだと……。

「あの、僕が余計なことを言ったばかりに……申し訳ありません」

そんなネイトの声で我に返る。

「そんな、謝らなくて大丈夫ですよ。それより、庇ってくださってありがとうございました」

「いえ、でも結局は、ブライアン殿下のいいように解釈されてしまって……」

「あー……誰が何を言っても無駄だったと思いますよ？」

私はそう言いながら苦笑いを浮かべる。

「それでも、あれはさすがにおかしいですよ。……王族としてあるまじき姿だ」

ネイトの声に静かな憤りを感じる。

先程の、ブライアンに物怖じせずに意見をぶつけていた姿といい、いつものネイトのイメージとはずいぶんと違っていた。

「あ、そうだ。怪我は大丈夫でしたか？」

「えーっと、ちょっと見てみます」

私はゆっくりと立ち上がり、腕や足をその場で確認する。

手摺りにしがみついた際に擦ってしまった左腕には打撲の跡と擦り傷があり、ぶつけた腰とお尻も痛む。しかし、頭は打っていないし、足にも痛みはなかった。

「とりあえず、腕だけ治しておきますね」

さすがにこんな場所で腰やお尻を確認するわけにはいかないので、一番目立つ左腕だけを治療することにした。

右手で魔力を練り上げ、現れた光の粒子が傷口と打撲の跡を覆っていく。しばらくして光の粒子が消え去ると、傷口も打撲の跡もはじめからなかったかのような、きれいな肌が現れた。

「よし、終わりました」

「……………」

するると、そんな私の左腕を食い入るように見つめたまま、ネイトがぽかんと口を開けている。

「どうかしましたか？」

「いえ……クレメントさんの光魔法には、いつもこのような効果が？」

「ええ、いつもだいたいこんな感じです。まあ、実際に怪我の治療をしたことは数えるくらいしかないんですけどね」

これまで光魔法を使う機会がほとんどなかったのだ。

光魔法が発現したのは、私が十三歳の頃。父や兄たちが大騒ぎし、母はあらあらと困った顔をしていた。

そのまますぐに魔力測定器で魔力量を調べ、王城へと報告がいき、あれよあれよという間にクレメント家の養子になることが決まった。

父や兄たちは、ガサツな私が貴族になるのは無理だと心配していたが、母の『ルネちゃんは顔が可愛いから大丈夫よ』の言葉に説得され、最終的には快く送り出してくれた。

それからの二年間は魔法よりも淑女教育を詰め込むことに専念し、学園に通うようになってからようやく本格的に魔法の扱い方を学べることとなった。それでも、まだ授業は座学の段階で、この学園で光魔法を使用したのは体育祭くらいだ。

そんな私の話をネイトは真剣な様子で聞いていた。

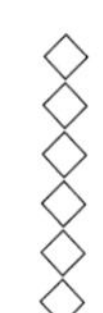

今日はどんよりとした曇り空で、いつ雨が降り出してもおかしくない天気だった。

それでも裏庭にフィルは現れて、二人並んでベンチに座ってランチを食べる。

「もう食べないのか？」

「あー……今朝はちょっと朝ごはんを食べ過ぎちゃいまして、あまりお腹が空いてないんです」

私はそう言いながら、まだ中身が残っているランチボックスに蓋をする。

「そうか……」

何か言いたげな表情のフィルに、私は咄嗟に話題を変えた。

「アリスター殿下の様子はどうですか？」

ここ最近、アリスターは裏庭に現れていない。というのも、もう裏庭には来ないようにと私から進言したからだ。

階段での二度目のざまぁは瞬く間に学園中に広まってしまい、私の評判はさらに地の底……いや、下限を突破してしまった。

そんな私との関係が周りに知られないよう、今まで以上に気をつけたほうがいいと伝えた。

アリスターは納得がいかないようだったが、裏庭に来るよりもクラスメイトたちと交流をしたほうがいいとフィルからも言われ、渋々だが頷いてくれた。

「だいぶチームの皆とも気軽に会話できるようになっていた」

「それはよかったです」

フィルの言うチームとは、来月に開催される狩猟大会に参加するチームのことだ。

「即席チームだからな。連携はまだまだだが、アリスターの実力はさすがだよ」

「そんなにすごいんですか？」

「俺なんかは全くついていけない」

フィルがため息混じりに呟いた。

去年は個人部門で優勝したアリスターだが、今年はチームで参加してみてはどうかとフィルが提案した。

そして、アリスターは勇気を出してクラスメイト二人に声をかけ、そこにフィルも友人と二人で加入することになったのだ。

フィルの話によると、アリスターの風魔法はスピードも威力もさることながら、そのコントロールが抜群なのだという。

ちなみに、私は体育祭の時と同じように救護係の役目を仰せつかった。つまりは、狩猟大会でなんらかのイベントが起きるということだ。

そのせいか、今年の狩猟大会は例年以上に警備が強化される予定らしい。

もちろん、毎年万全の警備体制で開催されており、大きなトラブルなど起きたことはなかったそうだが、今年は第三騎士団の全団員が警備に招集されたとアリスターが話していたそうだ。

（やっぱり危険な魔獣が登場するのかな……？）

それならば、私は参加者でなくてよかったと思う。

そんな危険な魔獣に遭遇しても、守ってもらえるのはきっとアデールだけで、私は囮に使われそうだから。

「そういえば、アリスターに婚約の打診が来たらしい」

「ええっ！」

突然のフィルの発言に驚いて、大きな声が出てしまう。

（アリスター殿下に婚約者……？）

ふと、ゲームのアリスターに婚約者はいたのだろうかと記憶を辿る。

私がプレイしたストーリーにはそのような描写はなかったように思うが、実際はどうだったのかわからない。

「シュルツ侯爵家の令嬢だと聞いたが……」

「へぇ、よかったじゃないですか」

「いや、それがそうでもないらしい」

「何か問題でもあるんですか？」

「俺も詳しくはないんだが、シュルツ侯爵家はワウテレス公爵家とあまり関係がよくないらしくてな」

「それは……たしかに微妙ですね……」

つまりは、第一王子の婚約者であるアデールの家と敵対関係にある家が、第二王子のアリスターに婚約の打診をしたということだ。

しかも、アリスターの評判が回復したこのタイミングで……。

「なんだか、いろいろな思惑を感じますよね」

「ああ。アリスターもそのことには勘付いている。だから、婚約については一旦保留にしたそうだ」

「大変ですね……」

王弟の役目を辞するために自身の評判を回復させたのに、そのせいで権力争いに巻き込まれるとは……。

「お前も大変なんだろ？」

「え？」

その榛色の瞳がひたりと私を見据えた。

「いえ、私はそんなに大変じゃないですよ！」

「…………」

「大丈夫ですから！」

私はそう言いながら笑顔を作るが、フィルは笑い返してはくれなかった。

職員室から教室へと向かう廊下を歩いている。

ダンスの授業で使うはずのシューズがどこを探しても見当たらず、仕方なく、職員室で事情を説明して借りることになったのだ。

（古典的だなぁ……）

そう思いながらも、教室へと向かう私の足取りはひどく重い。

入学式でのざまぁのあとは『ブライアンたちに言い寄った女』だという噂が流れたが、階段でのざまぁで『アデールを陥れようとした女』という汚名が追加された。

そのことにより、当たり前だが私への風当たりがより一層強くなった。

以前はこそこそとした陰口だったものが、今やこちらを見ながら聞こえよがしに悪口を言われるようになり、挙句の果てには女子生徒数名に突然囲まれて糾弾されたこともあった。

そして、昨日は教科書が見当たらないと思ったらビリビリに破かれた状態で見つかり、今日はダンスシューズがなくなっていた。

まさにテンプレなヒロインいじめ。

ブライアン直々に二度も罵られていたのだからと、私への悪意にどんどん遠慮がなくなっていく。

どうやら、主導しているのはブライアンやアデールの派閥の生徒たちのようで、そんな彼らの空気に学園中がのまれてしまっている。

クラスメイトのネイトは何かと私を気にかけてくれたが、それすらも気に入らないと悪口が増えたので、ネイトを巻き込まないようにこちらから距離を取った。

前世でも人に嫌われたことはあったし、悪口を言われたこともある。友達付き合いでうまくいかないことも、どうしても合わない人だっていた。

けれど、こんなにも大勢の人から、これほどの強い悪意を向けられたことはなかった。

（どうしよう……）

ざまぁは入学式で終わったのだから、私はブライアンたちが卒業するまでの残り数ヶ月さえやり過ごせばいいと思っていた。主人公であるアデールが卒業すれば、きっと物語はハッピーエンドを迎え、私の役割も終わるだろうと……。

けれど、階段での出来事で一気に不安が増してしまう。

（私は、いつまで当て馬ヒロインのままなの？　アデールたちが学園を卒業すれば本当に解放される？）

でも、私の卒業後の進路は王城で……そこにはブライアンはもちろん、アデールや攻略対象者たちがいる。

（まさか、これから先もずっと、こんな理不尽な悪意に晒され続けるの？）

そんなことを考え出すと、不安に押しつぶされそうになる。

「………っ！」

ジクジクと痛み始める胃の辺りを手で押さえながら、私はゆっくりと廊下を歩いていった。

◇◇◇◇◇◇

それでも、日々は流れるように過ぎていく。

悪口は聞き流し、糾弾からは逃げ回り、手を出されて困るものはなるべく持ち歩くようにして自衛する。

胃の辺りが頻繁にジクジクと痛み、朝が来るのが怖くてなかなか眠れない。けれど、フィルと過ごす時間だけを支えに、なんとか踏ん張っている。

「いよいよ明日が狩猟大会ですね！　外野からこっそり応援していますからね！」

「ああ。俺がアリスターの足を引っ張り過ぎないように祈っててくれ」

「足を引っ張るのが前提なんですか？」

こんなふうに、フィルとなんてことのない会話をするだけで気持ちが軽くなっていく。

今までだったなら、辛くなったら愚痴を聞いてもらって、一緒に笑い飛ばして、たまに甘いものを食べに行って……。そんなふうに過ごしていたけれど、さすがに状況が変わってしまった。

今はアリスターと共に、フィルにも注目が集まっている。本当は、そんなフィルの評判を傷付けないためにも、距離を取ったほうがいいことはわかっていた。

それなのに、フィルの隣は居心地がよくて……私は、この裏庭で過ごす二人の時間を手放せないでいる。

「おい、何かあれば俺に言えよ」

「わかってますよ。大丈夫ですから」

せめて、彼に心配や迷惑をかけないように……フィルに何を聞かれても、大丈夫だと言い続けることくらいしかできない。

「今日、久しぶりに甘いものでも食べに行くか？」

「あ……今日の放課後は図書委員の当番があるんです」

「じゃあ、明日は？」

「明日は狩猟大会なんですから、帰ってゆっくり休んだほうがいいですよ」

「来週は？」

「えーっと、来週は居残りがありまして……」

「……そうか。じゃあ、また今度だな」

「はい。すみません」

謝らなくていいと、フィルは優しい声で言う。

フィルと二人で人通りのある場所を歩いたら、この学園の誰かにその姿を見られてしまうかもしれない……。

そう考え、今日の図書委員の当番は事実だが、来週は居残りがあると嘘をついてしまった。

「なあ、俺に話すことはないか？」

「もう、フィル先輩は心配し過ぎですよ！　大丈夫ですから」

今日も私は笑顔を作り、大丈夫だと言い続けた。


放課後になり、一人で図書室へと向かう。

少し用事があると嘘をついて、ネイトには図書室の鍵を取って先に向かうようにお願いした。

ネイトと一緒に歩いているところを誰かに見られないようにするためだ。

アデールと出会ってしまった階段を上るのは避け、少し遠回りになるがもう一つの階段を使おうと廊下を歩く。

すると、三人の男子生徒が楽しげに会話をしながら、こちらに歩いてくるのが見えた。

（あ…………）

それは、ブライアンの派閥に所属する二年生の男子生徒たちで、今までに何度かきつい言葉を投げかけられたことがある。階段でのざまぁの時に、最後まで私を睨んでいたのも彼らだった。

どうしようかと一瞬迷っている間に、相手が私の存在に気付いてしまった。私の姿を捉えた途端、彼らの表情がまるで獲物を見つけたかのように変化する。

逃げるタイミングを失ってしまった私は、そのまま歩みを進めるしかない。

「ねえ、どこに行くの？」

「…………」

私の行く手を阻むように、彼らが目の前に立ち塞がる。

「答えなよ」

「…………」

何を言われても、私は俯いたままだんまりを決め込む。

こういった相手に言葉を返しても、得することは何もないからだ。私はいつも、相手が言いたいことを言い終えて満足するまで、ひたすら無言を貫いていた。

今回もいつもと同じように、彼らの言葉をただ黙って受け止めようと身を固くする。

すると、彼らのうちの一人、橙髪（だいだいがみ）に灰色の瞳を持つ男子生徒から思わぬ言葉が飛び出した。

「僕たち、今からお茶会に行くんだよ。君もどう？」

「………？」

予想外の言葉に思わず顔を上げて、その男子生徒の顔をまじまじと見つめてしまう。

「大丈夫。場所は中庭だし、君の大好きなブライアン殿下も一緒だからさ」

そう言った彼の口元は楽しげに弧を描いている。

「明日は狩猟大会だろ？　皆の健闘を祈って、アデール様が企画してくださったんだ。……きっと楽しいよ？」

彼の意図を知り、身体が震えた。

そのお茶会にはブライアンやアデールだけでなく、彼らのような同じ派閥の生徒たちも集まっているのだろう。

そんな場所に連れていかれた私がどんな目に遭うのか……考えただけでも吐き気がする。

「も、申し訳ありませんが、委員の仕事がありますので失礼いたします」

早口でそう言いながら、彼らの横を急いですり抜けようとする。

しかし、橙髪の男子生徒がそんな私の肩を摑んで引き止めた。

「なっ……」

「そんなこと言わずにさ、僕らは君に来てほしいんだよ」

そのまま右手首を摑まれる。

私はそんな彼の行動に愕然とし、同時に恐怖を覚えた。

婚約者でもない異性と適切な距離を取ることは、貴族として当たり前のルールだ。親しいフィルですら、特別なことがない限り、いつも一定の距離を保って接してくれている。

つまり、彼らのこの行動は、すでに私を貴族として扱っていないという意思表示であった。

「さあ、行こう」

その細められた灰色の瞳に苛虐の色が宿る。

「嫌っ！」

本能的に危険を察知した私の身体が全力でその手を振り払う。そして、脇目も振らずに駆け出した。

「あっ、待ちなよ！」

彼らの声に振り向くことなく、私はただ必死に足を動かし続ける。

——怖い、怖い、怖い。

こんな目に遭うのがアデールだったなら、きっと間一髪で攻略対象者が助けに来てくれるのだろう。

けれど、当て馬ヒロインの私のことなんて、誰も助けに来てはくれない……。

廊下の突き当りにある階段を駆け上がり、息があがっても決して止まらずにひたすら上を目指した。そして、階段を上りきり、廊下の一つ目の角を曲がると、ようやく図書室が見えてくる。

そこに、黒髪の男子生徒の姿が見えた。

一瞬、どきりと心臓が跳ねたが、それがネイトの姿であるとすぐに気付き、身体から緊張が解れていく。

ネイトがこちらに顔を向けた。

「えっ、クレメントさん？」

必死の形相で走ってきた私の姿を見て、ネイトが驚いた声をあげる。

図書室の前でようやく足を止めた私は、荒い息を整えることに必死で言葉がまだ出てこない。

「大丈夫ですか？」

「は、はい。大丈夫です」

ようやく言葉を返せた瞬間に、私の目尻から涙が溢れ出す。

(あれ……？)

それは、ぽろぽろと零れ落ち、私の頬を濡らしていく。

「何かあったんですか？」

そんな私の様子に、ネイトが心配そうに声をかけてくれる。

私は自分の涙に混乱しながらも、また「大丈夫です」と答えようと口を開いた。その時……。

「ルネ！」

切羽詰まったような声が廊下に響く。

驚いて声のほうに顔を向けると、図書室のすぐ側にある階段からフィルがこちらを見ていた。

「え？　フィル先輩……？」

突然の出来事に、私はぽかんと口を開けたままフィルの顔を見つめる。

フィルはその眉間にシワを寄せながらこちらに駆け寄ると、私とネイトの間にその長身の身体を割り込ませ、私を庇うように背に隠す。

そして、ネイトと向き合った。

「おい！　ルネに何をした？」

「い、いえ、僕は何も……」

フィルからの詰問に、ネイトが困惑した声で答えている。

「フィル先輩違うんです！　ビアンコ君には何もされていません！」

ネイトが泣かせたと勘違いしたらしいことに気付いた私は、慌ててフィルの背中から声を張り上げた。

「……じゃあ、誰に何をされた？」

私の言葉を聞いたフィルが振り返り、今度は私とフィルが至近距離で向かい合う。

「あー、えっと、あの……大丈夫です。たいしたことじゃありませんから」

私はいつものように大丈夫だと答える。

すると、フィルが少し怒っているような強い口調になった。

「ルネ、今のお前のどこが大丈夫なんだ？」

「え？」

「自分では気付いていないのかもしれないが、お前はもうとっくに限界なんだよ」

「…………」

「何があった？　どうして泣いている？」

私はきつく結んだ唇に力を込める。

「……言えません」

「どうして？」

「これ以上、フィル先輩には迷惑をかけたくないんです」

「迷惑なんてかけられていない」

「ダメです。だって、先輩は優しいから……。言ったら絶対になんとかしようとするでしょ？」

最初、フィルはアリスターには関わらないほうがいいと言っていた。それなのに、アリスターの相談に乗り、イメージを回復できるように協力し、今では同じチームで彼の交友関係を見守っている。

そんな優しいフィルが私の状況を知ってしまえば、きっと解決しようと動き出すだろう。

そのせいで、フィルまでブライアンたちに目を付けられてほしくない。

「つまり、俺がお前を助けようと動くかもしれないから、事情は話せないということか？」

私は黙ったまま、こくりと頷く。

すると、フィルは唇の端を少しつり上げ、意味ありげに薄く笑う。

「だったら、もう手遅れだ。俺はすでに動いている」

「え？」

「当たり前だろ？　お前がここまでひどい目に遭ってるのに、俺が黙ったまま何もしないわけがない」

至極当たり前のことのように、フィルはあっさりとした口調で言い切る。

「そうは言っても、俺自身にたいした力はないからな。祖父の力を借りて、王家にクレームを入れるぐらいが精一杯だ」

フィルの祖父は前国王陛下の主治医を務めていたと言っていた。まさか、フィルの家族まで巻き込んでしまっているとは思わず、一気に背筋が寒くなる。

「どうして、そんな勝手なことをしたんですか！」

「俺が何を聞いても、お前が『大丈夫です』としか言わないからだろ？　だから、こっちで勝手にやった」

「そんな……でも、だからって……」

私の非難めいた声を遮るように、フィルは堂々とした態度で言い放つ。

「そもそも、間違っているのは殿下たちのほうなんだ。それを正すことの何が悪い？」

「……っ！」

射抜くようなフィルの視線に、目が離せなくなってしまう。

「さあ、これで事情を話せない理由はなくなったな。ルネ、頼むから全部話してくれ。俺はお前の話が聞きたいんだ」

フィルの視線と声に穏やかさが戻り、私の心がぐらぐらと揺れ始める。

「フィル先輩……」

「大丈夫だから」

その力強く頼もしい声に、私の口からぽつりぽつりと言葉が零（こぼ）れ出す。

「さっき、二年生の男子生徒たち三人に、中庭に連れていかれそうになったんです……」

「中庭？」

「ブライアン殿下たちがそこでお茶会をしているから、私も来るように言われて……。でも、断ったら、その場で肩と手首を無理やり摑まれて……」

「は？」

フィルの声と表情が一瞬で変わる。しかし、私はそんなことにまで気が回らず、懸命に先程の状況を説明する。

一通り説明を終えた私に、フィルが真剣な声で問いかけた。

「ルネ、お前はこれからどうしたい？」

「これから……？」

「お前の望みが知りたい」

私の望み……それは、この学園に入学してからずっと願ってきた、たった一つのこと。

叶わないだろうと諦めながらも、心の奥底でその願いは燻り続けていた。

「私は……もう、ヒロインをやめたいです」

一度言葉にすると、胸の奥から様々な感情や想いが溢れ出す。

「こんなことされてまで、私はここにいたくない！　もう、当て馬なんて嫌なんです！　逃げ出したいんです！　なんで私がこんな目に遭わなきゃならないんですか！」

私の瞳から再び涙が溢れ出した。

それは、先程のぽろぽろと零れ落ちるような可愛らしいものとは違って、とめどなく流れる濁流のような涙だ。

「そうだな。もう、ヒロインなんてやめていい。こんな場所から逃げ出したっていいんだ」

「フィル先輩ぃぃぃ……」

フィルが私の本音をしっかりと受け止めてくれる。

その優しくも力強い言葉に安堵の気持ちが湧き上がり、フィルの名を呼びながらさらに泣いた。

そんな私に、今までずっと黙ったままだったネイトがそっとハンカチを差し出してくれる。ヒロインだとか当て馬だとか、彼には意味のわからない言葉を喚きながら子供みたいに泣いているのに、何も言わずに寄り添ってくれる優しさを感じた。

「ありがとうございます」

私はそのハンカチを受け取りながらお礼を言う。

「いえ、僕こそ今まで何も力になれなくて……」

「そんな！　ビアンコ君はいつも普通に会話してくれたじゃないですか」

彼は、クラスメイトとして偏見なく接してくれた数少ない人の一人だ。謝る必要なんてどこにもない。

「それだけで嬉しかったんです」

私は泣き過ぎてぐしゃぐしゃになった顔のまま、ネイトを見つめて笑顔で気持ちを伝えた。

「よし、じゃあ……行くか」

ネイトから受け取ったハンカチを目や鼻に押し当てながら、なんとか涙と鼻水を止めた私にフィルが軽い調子で言った。

「どこに行くんです？」

正直、先程の階段全力疾走と本音をぶちまけて大泣きしたことで、私の身体にはすっきりとした心地よい疲労感が広がっている。このまま帰ってベッドにダイブすれば、久しぶりによく眠れそうだ。

「中庭」

「は？」

フィルはさらりと恐ろしい言葉を吐いた。

「あの、フィル先輩？　中庭ではブライアン殿下たちがお茶会をしてるって……」

「ああ。でも、その二年の奴らに招待を受けたんだろ？　せっかくだから参加してやろうと思ってな」

「あの、それは私がちゃんと断ったので……」

そう言いながら、フィルの顔をちらりと見上げる。

その口調はいつもと違ってひどく好戦的で、眼鏡の奥の切れ長の目は完全に据わっていた。

（もしかして……怒ってる？）

今まで見たことのない、フィルの新たな一面に驚く。それと同時に、私のために怒ってくれているということが、不謹慎かもしれないが嬉しいと思ってしまった。

やはり私は清廉潔白なヒロインとはほど遠い。

「ルネがずっと我慢して耐えてきたことはわかっている。でもな、もう俺が我慢できないんだよ」

そう言うと、フィルは廊下をすたすたと歩き出してしまい、私は慌ててあとを追いかける。

そんな私たちをネイトが黙ったまま見送ってくれた。

「殿下たちに会いたくなかったら、離れたところで隠れていればいい」

「いえ、一緒に行きますよ」

本当はブライアンたちに会いたくないし、顔だって見たくもない。けれど、そんな場所にフィルが一人で乗り込むことが心配だった。

それに、さっきまであんなに恐ろしいと感じていた中庭が、フィルと一緒なら大丈夫だと……なぜだか、そう思えたのだ。

「そういえば、どうして図書室に来たんですか?」

「ん? あー、それは……俺と出かけたくないから、放課後に図書委員の当番があるなんて嘘をついたのかと思ったんだよ」

「そ、そんな嘘言いませんよ!」

実は、来週の居残り話のほうが嘘なんです……なんて言えず、私は必死で動揺を隠す。

「ああ。それがわかって安心した」

少しだけ怒りのオーラが消え、淡く微笑んだフィルを見て胸がきゅんとしてしまう。

居残りはなくなったと嘘に嘘を重ねてでも、来週はフィルと一緒にカフェに行こうと心に決める。

あれだけフィルに迷惑をかけないでおこうと考えていたはずなのに、彼の言葉や行動であっという間にそんな気持ちは消えてしまった。代わりに心に浮かんできたものは……。

(フィル先輩とずっと一緒にいたいな)

そんなシンプルで、だけど、揺るぎようのない感情だった。

彼の隣で笑って、お喋りして、たまに叱られて……。そんなふうに、これからもフィルと一緒に……。

隣を歩くフィルの横顔をちらりと見上げる。それだけで、胸が締め付けられるような気持ちになってしまう。

(ああ。これは……)

思わぬタイミングでフィルへの想いを自覚してしまった私は、それを悟られまいと必死に表情を繕(つくろ)いながら、フィルと共に中庭へと向かった。

五章
その忠誠は誰が為に？

中庭にはいくつもの丸テーブルが置かれ、その白いテーブルクロスの上には、白地に可愛らしい小花柄が散らされた揃いのティーセットと、いくつものお菓子が並べられている。

そして、それぞれのテーブルに五、六人の生徒たちが着席し、優雅な一時を過ごしていた。

その誰もが、私に対して悪意を向けていた見覚えのある生徒たちばかりだった。

（これがお茶会かぁ……）

この期に及んで、そんなくだらない感想しか出てこない。

それもそのはず、私はお茶会というものを見たことも、それに参加したこともなかったからだ。

クレメント男爵家の養子となってから、淑女教育の一環でお茶会でのマナーについてはもちろん学んだ。

カップの音を立てるな、紅茶を啜るな、お菓子にがっつくなと、それはそれは厳しい指導だった。

なんとか家庭教師の先生から合格を貰えたのは入学式の直前で、けれど、実践の場であるお茶会に参加する機会はなく今日まで来てしまった。

（まさか、こんな形でお茶会デビューすることになるとは思わなかったな……）

そんな優雅な空間にフィルと私がずかずかと割り込んでいく。

今まで談笑していた生徒たちは何事かとこちらに視線を向け、私の姿を捉えると途端に眉根を寄せてその表情を曇らせる。

「なぜ、あなたたちがここにいるのです？」

するると、怒りを含んだ鋭い声が響いた。

声のほうに顔を向けると、そこにはアデールとブライアン、そして他の攻略対象者たちが着席しているテーブルがあった。

若草色の長い髪をきっちり一つに束ね、銀縁の眼鏡をかけた男子生徒が立ち上がり、こちらを睨みつけている。

それは、攻略対象者の中の一人で、宰相の子息だった……と思う。残念ながら未プレイルートの攻略対象者の情報はあやふやで、やっぱりこの彼の名前も思い出せない。

フィルは私を連れ、そのままブライアンたちのテーブルへと近づいていく。

「招待されたから来たんだが？」

「招待……？　え、そんなはずは……」

宰相の子息は戸惑った様子で、同じテーブルのアデールに視線を送る。その視線を受けたアデールも、同じような戸惑った表情で首を横に振っていた。

「ああ、彼ら三人から招待された」

フィルはそう言いながら再び歩き出し、アデールたちのすぐ隣のテーブル、橙髪の男子生徒の隣でぴたりと足を止める。

そこには、先程廊下で私に絡んできた男子生徒たち三人と、いつも私の悪口を聞こえよがしに大声で話す二人の令嬢が同じテーブルについていた。

「彼らが嫌がるルネの肩と手首を摑んで、無理やりこの茶会に参加させようとしたんでな。それほどまでに来てほしいなら、是非とも参加させてもらうことにしたんだ」

フィルの言葉を聞いた参加者たちがざわめく。

貴族としてあるまじき行為を暴露され、私に絡んだ三人の男子生徒たちは青ざめている。

「お前がルネを連れてくるように命令したのか？」

フィルは咎めるような視線をブライアンに移した。

ブライアンはため息を一つ吐くと、ゆっくりと口を開く。

「私はそのようなことを彼らに命令した覚えはない」

「そうか。じゃあ、どうしてルネをこの場所に無理やり連れてこようとしたんだろうな？

……なあ、なんでだ？」

最後の言葉は橙髪の男子生徒に向けて放たれた。

「そ、それは……ブライアン殿下が喜ばれるかと……」

「まさか、そのような行為が、殿下のためであるとでも言いたいのですか？」

言葉を濁す橙髪の男子生徒に、宰相の子息が吠える。

「実際そうだろ？　お前らがルネに対してやったことを真似ているんだ」

「あなたも！　不敬ですよ！」

「イライアス、構わない」

しかし、そんな宰相の子息の名を呼んで制し、椅子から立ち上がったのはブライアンだった。

「私たちがやったことはルネ・クレメント嬢への忠告だ。彼女に暴言や暴力を加えたわけではない」

「お前……本気でそんなことを思っているのか？」

フィルの榛色の瞳が怒りに染まり、その語気が強められていく。

「お前たちは誰だ？　第一王子とその側近なんだろう？　この学園は貴族社会の縮図だ。そんな場所で、トップであるお前たちが率先してルネを排除する動きを見せれば、それに皆が続くとなぜわからない？」

フィルの剣幕に誰もが息を呑む。

「そもそも、なぜルネがこんな目に遭う？　ルネが一体何をした？」

「それは……」

その時、初めてブライアンのそのアイスブルーの瞳が揺れ動いた。

「クレメント嬢は、階段から突き落とされたと自作自演をし、アデールを陥れようと……」

「いや、そっちじゃない」

フィルがブライアンの話を遮る。

「入学式の話をしようか」

「…………」

フィルの言葉にブライアンは黙り込み、警戒心を顕にした表情でフィルを睨みつけた。

私は、王族の言葉を途中で遮るなんて……と、フィルの不遜な態度にハラハラしてしまう。

「噂だと、生徒会役員たちにルネが言い寄ったと言われていたな。それが本当なら、軽く注意をすれば済む話だ。入学式の日、この学園の正門をくぐったばかりのルネを罵った理由はなんだ？」

「……クレメント嬢の素行に問題があるという情報を事前に得ていたからだ」

ブライアンが静かな声で告げる。

なるほど。うまい言い方だな……と、他人事のように思う。

おそらく、ブライアンたちはアデールから前世のゲームの内容を打ち明けられている。しかし、それを彼らが信じたのは、攻略対象者たちとアデールの間に固く結ばれた絆（きずな）があったからだ。そうではない者たちに前世や乙女ゲームの話をしたところで、頭がおかしい奴だと思われるだけだろう。

だからブライアンは、入学式の日に私を罵った本当の理由をここで話すことはできない。

「それは、おかしいだろ？　ルネは国の主導で男爵家の養子となり、特待生としてこの学園に入学している。そんなルネの素行を国が事前に調査していないわけがない」

そう言いながら、フィルはポケットから折りたたまれた紙を取り出す。

「これがその素行調査の写しだ」

「なぜ、そんなものを君が持っている？」

「祖父に頼んだ」

「祖父？　……エイブラム・ロマーノ殿か？」

「ああ。言っておくが正式に手配したものだからな。疑うなら調べてくれて構わない」

そんなフィルとブライアンのやり取りに、私の頭の中は疑問符だらけになる。

まず、国に素行調査をされていた事実に衝撃を受けた。別に悪いことはしていないが、一体どんなことを調べられたのだろうかと心が落ち着かない。

そして、その写しをフィルのお祖父様が手配したことがよくわからなかった。

すると、そんな私の様子に気付いたフィルが説明をしてくれる。

「俺の祖父は、王城の医務局長を務めていた。すでに引退しているが、今でもそれなりに顔が利く。俺だけではこの写しを手配することはできなかったんだ」

「な、なるほど……」

王城の医務局とは、王城内の医療に携わる人々を統括する部署であり、私の卒業後の就職予定先でもあった。そして、医務局長とはそのトップのことだ。

前国王陛下の主治医であったとは聞いていたが……よくよく考えれば、当時の国のトップである前国王陛下の主治医が、ただの医者であるはずがなかった。

前世で見た医療ドラマの、大名行列のような教授回診のシーンが頭に浮かぶ。

「ルネは、光魔法に目覚めるまでは平民としてライリオの町で暮らし、この王都へとやって来たのが二年前。それからは、クレメント男爵家で、有能だが厳しいと有名な家庭教師によって淑女教育を受けている。そして、淑女教育が終わるまでは、他の貴族と出会うことがないように徹底されていたそうだ」

フィルが素行調査の写しに視線を落としながら読み上げていく。

たしかに、学園に入学するまでは、クレメント男爵家の人たちと家庭教師以外の貴族と会った記憶はない。

「まだ淑女教育を終えていない平民だったルネを他の貴族に会わせてしまえば、どのようなトラブルを引き起こすかわかったもんじゃないからな」

「え？」

まさか、そんな理由だったとは……。てっきり、淑女教育の時間を優先させるために、王都を散策する時間さえも与えられないのだと思っていた。

「ここには、入学前のルネの素行に問題はないと結果が出ている。じゃあ、殿下が事前に得ていたルネの問題とは一体なんなんだ？　そんな問題があるのなら、なぜ国に報告をしない？」

そのままフィルは畳みかける。

「学園に入学をしてから問題を起こした、素行が悪くなった……そういうことならわかる。だが、お前たちはルネが入学をしたその日、初対面の彼女を罵った。おかしいだろ？」

「……君たちには説明できない、こちらの事情というものがあるのだ」

フィルの質問に答えられないブライアンは、曖昧な言葉で答えを濁して逃げることしかできない。

しかし、フィルがそれを許さなかった。

「おい、それはないいんじゃないか？　……お前たちは、国が必要だと、能力があると認めた人間を、寄ってたかって排除してもいいという見本を示したんだぞ！　しかも、彼女は元平民で後ろ盾も弱い。そんな立場の人間を守り導くのがお前たちの役割だろう！　もっと自分たちの立場と影響力を考えろ！」

「さすがに不敬です！」

何も言えないブライアンの不利を悟ったのか、宰相の子息が口を挟む。

「うるさい。それしか言えないのか？　腰巾着は黙っていろ！」

「こ、腰巾着……？」

「まさか、側近だとでも言いたいのか？　揃いも揃って、主の愚行を止めることも正すこともせずに何が側近だ！　同調するだけなら猿でもできるんだよ！」

フィルの言葉に、さすがに攻略対象者たちの顔色が変わった。

「あ、あの！」

今度は私が大きな声で彼らのやり取りに割って入る。

そんな私の声に反応して、周りの視線が一斉に集まった。けれど、私は大きく息を吸い、臆することなくブライアンを見据える。

「私の素行に問題があるとおっしゃるのなら、この学園を退学させていただけませんか？」

「………………っ！」

想定外であろう私の発言に、ブライアンはその美しいアイスブルーの瞳を大きく見開いた。

フィルは、私の名誉を回復しようといろいろ動いてくれていたのだろう。これからも私がこの国で貴族として生きていくならば、それはとても大切で重要なことだと思う。

けれど、ブライアンたちが本当の理由を話すことはないだろうし、このまま泥試合になるのは目に見えている。……それならば、もう私から幕を下ろそう。

『もうヒロインなんてやめていい。こんな場所から逃げ出したっていいんだ』

だって、フィルがそう言ってくれたから。

国から与えられた男爵家の養子という立場や、将来の王城での仕事……何より、この転生悪役令嬢が主人公の世界からは逃げられないと諦めていた。

でも、このままアデールたちを輝かせるためだけに自分の人生を消費され続けるのは、もううんざりだ。

「もともと、貴族になりたかったわけでも、なるつもりもなかったんです。こんな扱いをされてまでこの学園に通いたくありません。通う理由もありません」

この学園から退学するということは貴族の世界にとっての醜聞であり、表舞台には出てこられなくなる。

しかし、私は元平民でただの庶民だった。退学して男爵家から追い出されたとしても、元の生活に戻るだけ。前世も含めて何十年も庶民だった私には痛くも痒（かゆ）くもない。

「しかし、私の立場からは申し出ができないのです。ですから、殿下のほうから話を通していただけませんか？」

「それは……」

あれほどまでに排除しようとしていた私からの退学の申し出を、ブライアンが引き止めることはできないだろう。

転生悪役令嬢が主人公の物語のラストは、ヒロインが修道院へ送られるか、国外追放されるかがテンプレだ。学園追放ののちに平民落ちも似たようなものだろう。

ただ、卒業パーティーではなく、狩猟大会前日という中途半端な時期になってしまったことは許してほしい。

「よろしくお願いします」

「…………」

私の念押しにブライアンは黙ったまま、その視線をアデールへと向ける。しかし、アデールは困ったように眉を下げた表情のまま何も言わない。

「ブライアン殿下、退学の手続きをよろしくお願いしますね？」

「…………わかった」

再びの念押しに、ブライアンから言質を取ることに成功する。これで全てが丸く収まるとは思わないが、私が学園を退学する足がかりにはなるだろう。

すると、視界の隅でフィルが動くのが見えた。他の皆はブライアンと私のやりとりに気を取られているのか、気付いていない。

フィルは椅子に座ったままのアデールに素早く近づくと、その耳元で何かを囁く。途端に、アデールの表情が一気に強張る。

しかし、そのまますぐにアデールの側を離れたフィルは、何事もなかったかのようにこちらに戻ってきた。

「さあ、用は終わった。帰るか」

ここまでの騒ぎを起こした張本人とは思えないくらいの軽い口調だった。

私たち二人はお茶会の会場である中庭をあとにする。周りからの視線は痛いが、もう退学を決めた私に怖いものはなかった。


「おい！」

「うわぁ！」

中庭を出てすぐに、焦った様子のアリスターに声をかけられた。

「ちょっと！　びっくりするじゃないですか！」

「どうしてアリスターがここに？」

思わぬ人物の登場に、私もフィルも驚いて足を止める。

「さっき、眼鏡をかけたもさっとした奴が、フィルが兄上たちに喧嘩を売りに行ったって教えてくれたんだ」

「ああ、もしかしてビアンコ君ですか？」

「そんな名前だったかな？　図書委員が一緒だとか言ってた」

どうやら、ネイトがアリスターを呼びに行ってくれたようだ。王族であるブライアンに対抗するには、同じ王族のアリスターが必要になるかも……と、考えてくれたのかもしれない。

まあ、実際は間に合わなかったのだが、気遣ってくれたネイトの気持ちも、心配して駆けつけてくれたアリスターの気持ちも、どちらも嬉しかった。

「大丈夫だったのか？」

「ええ。無事に退学をもぎ取りましたよ！」

「は？」

私のドヤ顔にアリスターは固まっている。

「ちょっと待て！　退学ってどういうことなんだよ！」

「だから、私がこの学園を退学する許可を貰ったんです」

「いや、意味がわかんねぇ！　だって、あんたは別に悪いことなんかしてないんだろ？　それなのに、なんで……」

私に非がないことを認めてくれる発言に、じんわりと胸が温かくなる。

「これでいいんですよ。私は別に貴族にも、学園にも未練はありませんから。それに、もともと平民ですので、退学してもなんとかなるんです」

「………」

納得がいかない様子のアリスターがフィルに助けを求める。

「フィル！　あんたからもなんとか言ってくれよ！」

「言いたいことは全て言った。俺はルネの意志を尊重する」

「そんなぁ……」

アリスターは今にも泣き出しそうな顔になってしまう。

私は少し申し訳ない気持ちになりながらも、やっとこの物語の役割から抜け出せそうな状況に安堵していた。

（あ………）

ぶつぶつと文句を言っているアリスターはそっとしておくことにして、先程気になったことを思い出す。

「そういえば、さっきアデール様に……」

何を言ったんですか？　と、私がフィルに向けて言葉を発しようとした、その時……。

「きゃぁぁぁぁっ！」

その場の空気を切り裂くような悲鳴が聞こえた。それは、つい先程までいた中庭の方角から響いてきたもので……。

驚きに思わず顔を見合わせていると、悲鳴に混じって誰かの叫ぶ声が聞こえてくる。

「うわぁぁぁぁっ！　誰かっ！　魔獣がっっ！」

その瞬間、アリスターが躊躇(ちゅうちょ)することなく、中庭へ向けて猛スピードで走り出した。

私とフィルはあまりに突然の出来事に、その場に固まったまま咄嗟に動くことができない。

「い、行きましょう！」

何が何だかわからないが、とりあえずアリスターのあとに続こうと、私とフィルは遅れて中庭へと走る。

それほど距離は離れていなかったため、すぐに中庭へと戻ることができたのだが……。

(何……これ……？)

お茶会に使用されていたテーブルや椅子はなぎ倒され、食器やお菓子は無惨に地面に散らばっていた。悲鳴をあげて逃げ惑う生徒たちに、何匹もの大型の鷲(わし)や狼(おおかみ)のような魔獣が襲いかかっている。

テーブルの下に潜って身を守る者や防御魔法を展開している者もいるが、ほとんどの生徒たちがパニックに陥っている様子が見て取れた。

かくいう私も、そこに広がったあまりの光景に息を呑み、立ち尽くすことしかできないでいる。

「どうしてっ？　このイベントは明日のはずなのに！　どうしてこんなところでっ！」

その狼狽(うろた)えながらも叫ぶような声に、ハッと我に返る。

声の主であるアデールは見たところ無傷のようだった。それもそのはず、三人の攻略対象者たちが彼女を取り囲むように守っている。

そして、そんなアデールたちから少し離れたところに、ブライアンは座り込んでいた。怪我をしたのか、制服が破かれた左肩を自身の右手で押さえながら苦悶(くもん)の表情を浮かべている。

そんなブライアンを背に庇うような位置にアリスターが立ち、二人のすぐ側には銀の体毛で覆われた巨大な狼の魔獣が、首と胴を真っ二つにされた状態で転がっていた。

魔獣に襲われた時、咄嗟に誰が、誰を守ったのか……一目瞭然の状況だった。

「緊急用の魔導具を作動させた。すぐに助けが来るはずだ！　それまで耐えろ！」

アリスターが声を張り上げている。

「フィル先輩！」

「ダメだ。俺たちが行ったところでどうしようもない。足手まといになるだけだ！」

私が何かを言う前に、フィルから強い口調で止められる。たしかに、実戦経験もない、ただの学生である私たちが助けに向かっても、何もできない。

結局、私たち二人はその場に立ち尽くしたまま、見守ることしかできないでいる。

「背中を見せて逃げるな、狙われるぞ！　テーブルの下に潜れ！　椅子を盾にしろ！　防御壁を張れる者の側から離れるな！」

アリスターはありったけの声で周りの生徒たちに指示を出し続ける。

「そいつらは火が苦手だ！　火魔法が使える奴は空に向けて撃て！」

アデールを守る攻略対象者たちや他の生徒たちも、その指示に従い始めた。

しかし、アリスター自身はブライアンを背に庇ったままその場を動くことはなく、四頭の狼型の魔獣からは決して目を離すことはない。

「あ、アリスター……」

「兄上はそのままそこを動かないでくれ！」

声をかけてきたブライアンに、アリスターは後ろを振り向きもせずに鋭い声で告げる。そして、狼型の魔獣たちの出方を窺うように、一歩一歩ゆっくりと前に数歩進んだ。

中庭に現れた魔獣は二種類。空から獲物を狙う鷲型の魔獣フレスベルグと、銀の体毛を持つ狼型の魔獣ハティだ。

しかし、その魔獣たちの様子がどうもおかしい。

魔獣たちは基本は雑食で、餌を求めて人里に降りてくる時も、狙うのは畑の作物や家畜が主だった。それなのに、目の前のフレスベルグたちは地面に散らばる菓子には目もくれずに、執拗に生徒たちだけを狙っている。

さらにおかしなことに、五頭のハティ……ブライアンの左肩に怪我を負わせたハティはアリスターの風魔法によってその首を切断されているが、その他の四頭のハティたちはブライアンとアリスターの側から離れようとはしなかった。

まるで、最初から二人に狙いを定めていたかのように……。

四頭のハティたちは距離を取りながらも、その金の両眼はアリスターとブライアンの二人を捉えたまま攻撃の機会を窺っている。

と、先にアリスターが仕掛けた。ぴたりと足を止めその両腕を真っ直ぐ前に伸ばし、掌(てのひら)からいくつもの風の刃を生み出すと、そのままハティたちに向けて放つ。

が、ハティたちはそれらの攻撃を軽々と避け、その勢いのまま二頭がアリスターに向かって真っ直ぐに躍り出る。しかし、アリスターは避けられることを予想していたのか、今度は風の刃を地面すれすれの高さに放ち、迫りくる二頭の脚に直撃させた。

「グギャアアア！」

苦しげな咆哮(ほうこう)と共にその場に倒れ込んだ二頭のハティは、切断された脚のせいで起き上がることもできずに、脚の付け根から血を流しのたうち回っている。

すると、次は残りの二頭が動いた。先程のハティたちとは違い、左右二手に分かれて走り出す。

左側のハティに向けて放った地面すれすれの風の刃はぎりぎりで躱され、右側のハティには掠りもしなかった。

二頭が別々の位置から違った動きをしてくることで、アリスターは攻撃がうまく定まらない。

「くそっ！」

アリスターが焦った声で吐き捨てる。

左側から向かい来るハティがスピードを上げる。仕方なくアリスターはそちらに身体の向きを変え、いくつもの風の刃を放つ。

そのうちの一つがハティの脇腹を掠り、体勢を崩したところへさらにその顔面に風の刃を叩き込むと、ついに断末魔の悲鳴があがる。

地面に倒れる姿を見ることなく、アリスターはすぐに右側のハティへと視線を向けるが、その銀の獣の猛進は座り込んだままのブライアンへと迫っていた。

「うおぉぉぉ！」

ブライアンは叫び声と共に、右側から襲い来るハティに向けて、片手で風の魔力球をでたらめに撃ちまくっている。

しかし、それらはことごとく避けられ、奇跡的にハティの左頬を掠めた一撃もその勢いを削ぐには至らず、高く跳躍したハティが口を大きく開きブライアンへと襲いかかる。

その鋭い牙がブライアンに届くすんでのところで、アリスターはブライアンとハティの間に割り込むように自身の右腕を差し出した。

「ぐあっ！」

その右腕をハティに噛み付かれ、アリスターが痛みに声をあげる。

しかし、そのまま身体を捻り、アリスターは魔力を纏わせた左拳でハティの横っ面を殴り付けた。

「ギャッ！」

殴られた衝撃で、たまらずハティの口が開く。

右腕が解放されたアリスターはその瞬間を逃さず、ハティの口腔内へ魔力を纏ったままの左拳をねじ込む。そして、体内に魔力を直接叩き込むと、すぐにその手を引き抜いた。

「グギャァァァァ！」

断末魔の叫びと共にその体を痙攣させ、最後の一頭が崩れ落ちるように倒れた。

そして、そのままアリスターも地面に倒れ込む。

「アリスター殿下っ！」

私は思わず叫び声をあげる。

その瞬間、地上からいくつもの火球が空に向けて放たれた。

空を旋回していたフレスベルグたちの顔や翼、その胴体に、炎の球が命中していく。

火球によってその身を焼かれたフレスベルグたちは、耳をつんざくような鳴き声をあげながら、次々と地上へ落下していった。

「第一班と第二班は生徒たちの救助と安否確認！　第三班は魔獣の死亡確認！　残りの者たちは手分けして、隠れている魔獣の捜索にあたれ！」

まるで怒声のような大きな声が響いて振り返ると、火球が放たれた位置から黒の騎士服を身に纏う集団が現れた。アリスターが言っていた通り、助けが来たようだ。

私たちは一目散にアリスターのもとへと走り出す。


それは、ひどい有様だった……。

中庭だった場所には、今や数多の魔獣の死骸が転がっており、焦げた匂いがあちらこちらから漂っている。

そして、地面に横たわるアリスターの右腕は、ハティによる噛み傷から大量の血が流れ、制服の右側が真っ赤に染まり肌に生地が張り付いていた。荒い呼吸を続けるアリスターは、苦悶に満ちた表情で瞳を閉じている。

「アリスター殿下！」

「おい、アリスター！」

私とフィルは横たわるアリスターの側に座り込み、必死に呼びかけた。すると、アリスターの瞼が開き、ぼんやりとしたアイスブルーの瞳がこちらを向く。

意識があることに安堵しながら、私は魔力を練り上げる。

「すぐに治療しますから！　じっとしててください」

本当は消毒などが必要なのかもしれないが、大量の血が流れ続けている今の状況ではそんなことを言っていられない。

私の両掌から光の粒子が現れ、アリスターの右腕を覆っていく。

「ぐっ……！」

自身の魔力がどんどんと吸い取られていく感覚に、思わず声が漏れる。

これまでに経験した軽い擦り傷程度の治療とは、比べ物にならないくらいの魔力の消費量だった。それほど、アリスターの怪我が重症だということだろう。

その時、複数の足音と共に「アリスター、無事か！」と言う誰かの声が聞こえた。しかし、そちらを気にする余裕はなく、私は大きく息を吸って気合いを入れ直す。

額から伝った汗が眼に入ろうとも、拭うことすら顧みずにひたすら魔力を送り続ける。目の前がチカチカし、そろそろやばいかも……と、思った頃に、ようやくアリスターの右腕を覆っていた光の粒子が消え去った。

「終わりました……」

その場に倒れ込みたい衝動に駆られながらも、なんとか姿勢を正したままそう告げる。

すると、背後から野太い歓声が聞こえた。驚いて振り返ると、いつの間にか黒の騎士服を身に纏った男たちがこちらを一心に見つめている。

その中の一人、濃い茶色の髪を後ろに撫でつけ、深緑の瞳と左頬に大きな傷跡を持つ屈強な男がアリスターに近づき、膝をつく。

「アリスター、大丈夫か？」

「バージル団長……？」

どうやら、この男性がアリスターの話に出ていた第三騎士団の団長らしい。つまりは、このフレスベルグに火球を浴びせた黒い騎士服の人たちが、第三騎士団の団員ということだろう。

「あ、兄上は……？」

血を流し過ぎたせいか、青白い顔のままのアリスターは上半身を起こしながらも、ブライアンの安否を確認する。

「ああ、ブライアン殿下ならあちらに……」

バージルはそう言いながら後ろを振り返る。その視線の先には、呆然とした表情で地面に座り込んだままのブライアンがいた。

その姿を見るなりアリスターは立ち上がろうとし……けれども足元がふらつきバランスを崩してしまった。そんなアリスターの身体をバージルが咄嗟に支える。

「おい、無茶するなよ」

「兄上のところへ……」

震えるようなアリスターの呟きにバージルは一つため息を吐くと、しっかりとアリスターの身体を支え直し、ブライアンのもとへと歩き出す。そのあとに私とフィル、他の団員たちも続く。私たちが近づく気配に気付いたのか、ブライアンがこちらに視線を向けると、途端にその顔を歪めた。

そんなブライアンの表情に気付いていないのか、アリスターが声をかける。

「兄上、ご無事ですか？　お怪我は？」

「アリスター、なぜここに来た？」

しかし、そんなアリスターの気遣う言葉などまるで聞こえていないかのように、ブライアンは怒りを顕にした様子で詰問する。

「どうして私を庇った？　何を企(たくら)んでいる？」

投げつけられたその言葉に、これが身を挺(てい)し命がけで守ってくれた異母弟(おとうと)へかける言葉なのかと、怒りで胸がいっぱいになる。

私と同じ怒りを感じたのか、アリスターを支えているバージルの顔色も変わっていた。

しかし、ブライアンのその問いかけに、当のアリスターはきょとんとした顔をする。

「どうしてって……兄上と俺の命、どちらを取るかなんて比べるまでもないでしょう？」

「なっ……！」

アリスターのあまりにもあっけらかんとした答えに、ブライアンの顔が驚愕の色に染まる。

「さすがに俺だって第二王子としての役割は理解しています。兄上を支え、兄上に危険が迫ればその身を挺してでも守るようにと……母上からもきつく言われていましたし」

「そ、そんなはずがない！　お前は……そんなはずがないだろう！」

そんな突然の剣幕にもアリスターは動じることなく、黙ったままじっとブライアンを見つめている。しかし、異母兄（ブライアン）と同じそのアイスブルーの瞳には、悲しみよりも一層濃い諦めの色が浮かんでいた。

「兄上、企みでもなんでも構いません。けれど、怪我の治療だけは受けてください」

そう言ったあと、アリスターは私のほうに視線を向ける。

「あんたにこんなことを頼むのは筋違いだってわかってる。だけど、兄上の怪我の治療もお願いできないか？」

「…………」

本音を言わせてもらえば、ブライアンの怪我の治療なんてお断りだ。残念ながら、私は善意や厚意に溢れたヒロインではなく、中身は普通の感性を持っただの一般人で『ブライアンの傷口なんて化膿（かのう）しちまえ！』くらいは思っている。

けれど、アリスターが命がけでブライアンを守る姿を見ていたのも事実で……。

「頼む……」

アリスターの縋るような声に、私はため息を吐く。

「わかりました」

そう答えながら、戸惑った表情のブライアンの背後へと回る。

「ルネ、ありがとう……」

「いいですよ。その代わり、またお菓子を持ってきてくださいね！」

「ああ、わかった」

そんな私の言葉に、アリスターはほっとした表情を浮かべた。

そして、私は再び魔力を練り上げ、両掌をブライアンの左肩にかざす。

ブライアンの傷口はアリスターと比べると浅く、しかし、肩から背中にかけての何本もの筋のような裂傷が血を滲ませていた。光の粒子がその傷口を覆っていくと、途端に視界がぐらりと揺れた。それでも、魔力を途切れさせないように奥歯を噛みしめながら必死に意識を保つ。

やたらと長く感じる時間が過ぎて、目の前の光の粒子がようやく消え去った。

「終わりました……」

そう言いながら、今度こそその場に倒れ込む。

「ルネ！　大丈夫か？」

「はい……」

まるで貧血の時のように全身に力が入らず、フィルに返事を返すだけで精一杯だ。

「悪いが、少し触れるぞ」

フィルはそう言いながら、そっと私の上半身だけをその場に起こした。頭がぐらぐらと揺れて気持ちが悪い。

「おそらく、魔力切れを起こしている。しばらくこのまま安静にしていろ」

「はい……」

支えてくれるフィルにぐったりともたれかかる。

すると、周りにいる団員たちの様子がおかしなことに気が付く。

皆がブライアンの左肩を驚いた表情で見ており、バージルはアリスターに声をかけその血塗(ちまみ)れの制服を脱がせると、何やら右腕を見ながら話している。

私はそんな周りの様子をぼんやりと見つめていた。

しばらく安静にしていると、少しずつ身体に体温が戻ってくるのを感じる。

ブライアンは治療のあと、そのまま団員たちに連れられてどこかへ行ってしまった。ただ、治療を受けてから中庭を立ち去るまでの間は一言も喋ることなく、何かを考え込むようなその表情が印象に残った。

そして、ブライアンが立ち去ったあと、第三騎士団の団員たちがアリスターに労(ねぎら)いの言葉をかけている。

「初陣にしてはよくやったじゃないか！」

「これでお前も立派な第三騎士団員だ。あとは、さっさと飲めるようになれよ」

その和気あいあいとした雰囲気に、アリスターが団員たちから可愛がられているのがよくわかる。

「よくやりましたね。これで守った生徒たちの親に恩を売ることができます」

一人だけ、やたら現実的な発言をしている団員もいるが……。

すると、バージルがアリスターの真正面に立つ。

「アリスター、お前は第二王子として立派にその役割を果たしたんだ。よくやった！　だから胸を張っていい！」

「……はいっ！」

それは、本来ブライアンからかけられるはずの激励の言葉だった。そんなバージルの言葉に、アリスターはその瞳を細めながら力強い返事をする。その時に浮かべられていたアリスターの表情は、何かが吹っ切れたような……そんな穏やかなものだった。

そして、バージルはアリスターの肩をぽんぽんと軽く叩き言葉を交わすと、今度はこちらに向かって歩いてくる。

バージルは私の側まで来ると、地面に膝をつき難しい顔をしながら質問を始めた。

「こんな時に聞くのは申し訳ないが、お嬢さんはいつもこのような治療を？」

「えっと……これほどまでにひどい怪我を治療したのは今回が初めてです」

あまり働かない頭のまま正直に答えた。もしかしたら治療に何か問題があったのかと、一気に不安な気持ちになる。

「俺も今まで何人かの光魔法の使い手を見てきたが、お嬢さんのように傷跡まで完璧に治療をする者は見たことがない」

「え？」

バージルの左頬の大きな傷跡が目に入る。

「今までの治療でも傷跡は消えていたのか？」

「…………」

急にそんなことを言われても、治療をしたこと自体が数えるほどしかなく、しかも全てが擦り傷程度だった。つまり、ちゃんと覚えていない。

光魔法は傷を塞ぐことはできても、その傷跡を消すことはできないと言われている。フィルの火傷の跡も、光魔法では消すことができなかったと言っていた。

（ヒロインは傷跡を消せる……そんな設定があったの？）

ゲームを途中でやめてしまった私にはわからない。しかし、ヒロインだけが特別な力を持つという設定はよくあることで、その力で世界を救ったりなんかしている。

残念ながら、私の特別な力は、世界を救うような大それたことはできない地味なものだった。

「わかりません……」

「そうか……。とりあえず、上には報告をしておくよ。それと、アリスターを助けてくれてありがとう」

「い、いえ。アリスター殿下とは友達なので」

「そうか、あいつはいい友達を持ったな。近くに馬車を用意しているから、歩けるようになったら家まで送ろう。それまでは、このまま安静にしていてくれ」

「はい」

そう言うと、バージルは立ち上がり、団員たちのほうへと去っていく。

まあ、傷跡が消せる程度の能力なんて、報告されたほうも微妙な反応になってしまうだろう。

(どうせだったら、もっと便利なチート能力がほしかったなぁ……)

時間を巻き戻すだとか、精霊に愛されるだとか……そういうのがほしかった。

相変わらず、当て馬ヒロインの仕様はしょっぱい。

(……ん?)

そんなことを考えていると、ふと視線を感じた。

おもむろに目を向けた先、中庭を見渡せるような高さの木の枝に、裏庭の常連であった黒猫がいる。その美しい金の瞳がじっとこちらを見つめていた。

しかし、その黒猫の首にはいつもはなかった赤い首輪が付けられていて、その中央には大きな宝石のようなものがあしらわれている。

(もしかしたら、もともと飼い猫だったのかもね)

フィルにもたれかかったまま、そんなことをぼんやりと考え続けていた。

六章
断罪は密やかに

ｓｉｄｅネイト

「私は……もう、ヒロインをやめたいです」

そう言いながら、目の前の彼女は子供のように涙を流して泣いている。

よほど辛い日々だったのだろう。それは、ただ見ていることしかできなかった僕ですら苦しくなるくらいだった。

僕はそっと彼女にハンカチを渡す。

そして、フィルと共に中庭へ向かう彼女を見送ると、急いでグラウンドへと向かい、この国の第二王子であるアリスターの姿を探した。さすがに、第一王子であるブライアンに、ルネとフィルだけで立ち向かうのは無理があると思ったからだ。

明日の狩猟大会に向けてチームのメンバーと特訓をしていた彼に事の経緯を伝えると、血相を変えて中庭へと走り出した。

「教えてくれてありがとな！」

「いえ、クレメントさんを助けてあげてください」

振り向きざまにそう言ったアリスターに返事をして、僕はそのまま図書室へと向かう。

（アリスター王子が間に合うといいけど……）

そんなことを考えながら図書室の鍵を開け、受付カウンターにて準備を始める。

その時だった。校舎内に非常ベルが鳴り響き、拡声魔導具から中庭に魔獣が現れたことを知らせるアナウンスが流れたのは。

僕は慌てて受付カウンターの奥にある図書準備室へと移動すると、椅子に座りその瞳を閉じて魔力を練り上げた――

◇◇◇◇◇

図書室に備え付けられた拡声魔導具からは、魔獣の討伐が完了したことを告げるアナウンスが流れ、その放送が僕のいる図書準備室にも聞こえてくる。

僕は大きく息を吐くと椅子から立ち上がり、この部屋の窓を開ける。すると、赤い首輪をした毛並みの美しい黒猫がするりと入ってくる。そして、そのまま僕の右肩にぴょんっと飛び乗った。

「ドロテ、お疲れ様」

僕は黒猫の姿をしているドロテに声をかけると、彼女は僕と同じその金の瞳を細めて、ゆっくりと口を開いた。

「どう？　ちゃんと視えたかしら？」

ドロテが、そのハスキーな声で愉しげに聞いてくる。

「ああ。彼女たちが無事でよかったよ」

僕がそう答えると、ドロテが僕の右肩から降りて机の上に移動する。

ドロテは僕と契約を結んだ闇の高位精霊で、僕は彼女の瞳に映るものを共有して視ることができる。

だから、先程の魔獣たちの襲撃も、お茶会の様子を観察していたドロテの視界を通じて僕にも視えていたのだ。

「あの魔獣たちは訓練されていたみたいね」

「そのようだね」

人々から恐れられ、討伐の対象とされている魔獣。しかし、そんな魔獣すらも商売に使う連中がいる。幼体の頃から人間の味を覚えさせて育て上げ、一種の暗殺兵器として販売するのだ。

そんなものが商売として成り立つのかと疑問に思うが、魔獣は他の動物と比べても成長速度が早く、知能が高い種族も多いので、場所とノウハウさえあれば短時間でそれなりに殺傷能力の高い暗殺兵器となる。

未だにこの手の商売がなくならないということは、そのような訓練された魔獣を必要とする客がいるということだ。

「おそらく、本当の狙いはブライアン王子だろう」

鷲型の魔獣フレスベルグは生徒たち全員を狙っていた。しかし、狼型の魔獣ハティは明らかにブライアンとアリスターの二人だけに狙いを定めていた。

この二人の共通点は、王家の色である金の髪とアイスブルーの瞳。きっと、そのような外見の人物を襲うように仕込まれていたのだろう。

そして、アリスターが中庭に向かったのは僕が声をかけたから……つまりは、ただの偶然だ。本来ならば、あの場に王家の色を持つ者はブライアンただ一人のはずだった。となれば、犯人の狙いはブライアンのみで、彼を魔獣の襲撃による事故死に見せかけるつもりだったに違いない。

「この国も案外物騒なのねぇ……」

「他国との関係が安定しているからといって、国内が安全だとは言い切れないからね。王家という権力の象徴をどうにかしてでも、甘い汁を吸おうと考える連中なんていくらでも湧いてくる。それに、平和な国ほど危機意識は低いものだよ」

「ふふっ。あなたが言うと説得力があるわね」

ドロテはまた愉しげに笑う。

「それにしても、ルネちゃんの能力には驚いたわ。ネイトの言った通りね」

「ああ。……やはり、精霊と契約しているわけじゃないんだね？」

「ええ。光魔法を使っている時にも精霊の気配は感じなかったから……。あの能力は彼女自身の持つ力だと思う」

この世界には精霊という存在がいる。ほとんどの精霊は人が認識できるような姿を持たず、まるで粒子のように辺りをただ漂っているそうだ。

しかし、ドロテのような数少ない高位の精霊は、気まぐれに気に入った人間の前に現れ、契約を結ぶことがある。

ちなみに契約を結ぶと、契約した人間の髪や瞳などと同じ色に実体化する。ドロテは僕のこの黒髪と金の瞳を気に入り、契約を持ちかけてきたのだ。

そして、高位精霊と契約することで、自身の持つ魔力以外にも様々な能力を得ることができる。だから、ルネのあの傷跡ごと治癒してしまう能力も、精霊の力を借りたものではないのかと疑っていたのだが……。

「彼女自身の能力か……。興味深いな」

以前見た擦り傷のような軽い怪我だけでなく、魔獣の噛み傷や裂傷のような深い傷跡まできれいに完治させていた。

(あれは、怪我をしてすぐの状態でないと治せないのか？　古傷ならばどうだろう？　外傷ではなく、病気による発疹(ほっしん)の跡は？　痣は？)

彼女の能力に対するたくさんの疑問や可能性が、次々と頭の中に浮かび上がる。

「ちょっと、また悪い癖が出てるわよ！」

「あ……ああ、すまない」

ドロテにじろりと睨まれてしまう。

僕は気になることがあると、ついついそのことばかりを考えてしまい、意識がそちらに飛んでしまう癖がある。今の僕が一番興味を持っているのは、ルネの特殊な治癒能力と彼女自身について……。


僕がこの学園に入学してすぐに、ルネの悪い噂が学園中に広まった。その噂というのが、入学式当日にブライアンを含めた生徒会のメンバーたちに色目を使い、二度と近づくなと叱責されたというものだった。

その噂のせいで、彼女は学園中の生徒たちから遠巻きにされ、陰口を叩かれ、つまはじきにされるようになっていった。

僕はその現状を信じられない思いで見ていた。

なぜなら、彼女は希少な光魔法の使い手で、そんな彼女の能力が他国へ流出しないよう国が保護している状態だ。それなのに、王族のブライアンが主導する形で冷遇するなんて、あってはならないことのはずで……。

そんなルネのことが心配になり、しばらく様子を見ても改善されないようならば、王家に進言しようかと考えていた。念のため、学園内でルネが危害を加えられないように、ドロテに見守りを頼んだ。

時々ドロテの視界を借りてルネの様子を見ていたが、なかなかに彼女は逞しく、辛い環境でもめげずに学園生活を送っていた。

しかし、そんな状況が一変する事態が起こる。

『フィル先輩って……実は帝国の第三皇子だった！　とか言いませんよね？』

ある日、フィルに向かってルネがそんなことを言い出した。

『魔法で姿を変えているとか……ありません？』

たまたま、その様子をドロテを通じて視ていた僕は驚愕する。

（どうして彼女が僕のことを知っている？）

僕がこのマリフォレス王国に留学して学園に通っていることは、この国でも一部の人間にしか知らされていない。同じ学園に通うブライアンやアリスターですら知らないはずだ。

それなのに、どうして元平民のただの男爵令嬢である彼女が、留学だけでなく姿を変えていることまで知っているのか……。

彼女に対して警戒心が強まる。

その日から、ルネ・クレメントは見守る対象ではなく、監視する対象へと変わってしまった。

クラスメイトでもある彼女と適度な距離を保ちつつ、その様子を窺う。もしかしたら、向こうから僕に接触してくるのかもしれないと身構えたりもした。

しかし、彼女が僕に興味を持つような素振りはなく、帝国の第三皇子のことを触れ回ったり探しているような様子もなかった。

そんな彼女を監視していくうちに、いくつかの言動に首を傾げることとなる。

「乙女ゲームに前世の記憶……そんなものが本当にあると思うかい？」

「さあ？　でも、それが本当だったら面白いと思うわ」

裏庭から戻ったドロテは、とても愉しそうだ。

ルネがフィルに打ち明けた前世の話は、とてもじゃないが信じられるようなものではなかった。前世の記憶だけでも疑わしいのに、ここがゲームの世界だなんて……。

しかし、そんな話をブライアンたちも信じているというのだから、ますますとんでもないことだと思う。

「ねぇ？　もしかしたら、ネイトもゲームに登場しているのかもしれないわよ？」

「は？」

「それなら、ルネちゃんがネイトの留学を知っている理由にならない？」

「……だったら、どうして僕に対してなんのリアクションもないんだろう？」

「うーん、たしかにそうねぇ。その、アデールって子からも今のところ接触はないし……。ゲームでのネイトは脇役なのかもしれないわね」

「………」

別にゲームの登場人物になりたいわけではないが、脇役と言われるとそれはそれで面白くない気持ちになってしまう。

その後も、ルネが僕にクラスメイト以上の興味を持つことはなく、日々は流れていく。

「もう、ルネちゃんに直接聞いてみたら？」

これ以上監視をしたところで新しい情報を得られそうもなく、ドロテも裏庭で見張るだけの日々に飽きてきたようだ。

「直接聞いたところで、教えてくれるかわからないだろ？」

「だったら、あの先輩やアリスター王子みたいに仲良くなってみるのはどう？　そうすれば、すんなり話してくれるかも」

「…………」

ドロテが目を細めてニヤニヤと笑っている。

「あなたのお母様が心配していた友達も作れるし、ちょうどいいじゃない」

僕がこの国に留学した理由は、帝国での人間関係に疲れたからだ。今はドロテの魔法と魔導具の眼鏡で本来の姿を隠しているが、僕の容姿は他者を強く惹きつけてしまうらしい。

それに加えて第三皇子という地位もあってか、幼い頃から人間関係によるトラブルが続出し、正直うんざりしていた。

『そりゃあ、高位精霊である私まで惹きつけるんだから、人間なんてイチコロよ』とは、ドロテの言葉。

そんな僕を見かねた両親が、普通の人間関係を築く経験が少しでもできたらと、このような素顔と素性を隠した留学を提案してくれたのだが……。

「余計なお世話だよ」

僕はじろりとドロテを睨む。

残念ながら、僕は友人がほしいとか、他者とうまく関わりたいとか……そういったことで悩んだことはない。どちらかといえば、放っておいてほしいのだ。本音を言えば、一人で部屋にこもって、自分の興味が惹かれるものをただひたすらに突き詰めていたい。

けれど、第三皇子とはいえ皇族の一員である僕が、学園にも通わずにただ部屋に引きこもることは許されない。そのことは理解していた。

「でも、ルネちゃんのことは気になるんでしょ？」

「……まあね」

彼女自身に興味があるというよりは、僕の留学の件を含めて、僕の知らない情報を持っていることが気にかかる。

「仕方ない。やってみるよ」

この時の僕は、ただ、このモヤモヤとした気持ちに早く決着をつけたいだけだった。

学園祭の一週間前、立て看板の制作を押し付けられたルネに手伝いを申し出る。そんな僕に対して、クラスメイトたちからの非難めいた視線を感じた。

おそらく、ルネの味方をした僕に対して思うことがあるのだろう。

（……くだらない）

しかし、そんな視線に気付いているのかいないのか、ルネは鼻歌まじりに豪快な筆さばきで看板に色を塗っている。

ルネとの距離を縮めるには、彼女の味方であることをアピールしなければならない。

「クレメントさんは、今の状況を不満に思わないんですか？」

彼女が頼りにしているフィルとアリスターは、いつも裏庭で話を聞くだけ。クラスメイトたちの嫌がらせから助けてはくれない。

「僕でよければ、いつでも力になりますから！」

でも、僕を友人として側に置けば、彼らよりも役に立つだろう。そう思い、ルネのことを心配するような素振りで、彼女のほうから僕を頼れるように言葉をかけたのだが……。

「そのうち皆飽きると思います……」

ルネが見せたのは、まるで諦めてしまったかのような表情だった。

そんな彼女を見た途端に、なぜだか胸の奥をぎゅっと摑まれたような気持ちになる。

結局、ルネとの関係は進展しないまま学園祭が終わった。

その日は図書委員の当番の日で、ルネと話をするのにちょうどいいと思った。

図書室には試験勉強に取り組むアリスターとそれに付き添うフィルがいて、多くの生徒たちが視線を向けて何やらこそこそと囁いている。

僕はドロテの視界を通じて、ルネたちがギャップ萌え作戦というものに取り組んでいることは知っていた。その作戦名はどうかと思うが、アリスターが自分の居場所を見つけるために懸命に頑張っている姿は素直に応援したくなる。

そんなアリスターたちを話題にして、ルネに声をかけて会話を試みた。

「僕はあまり人付き合いが得意ではなくて……」

彼女が僕を頼ろうとしないなら、逆の行動を取るのはどうだろうかと考えたのだ。

悩んでいるような素振りを見せれば、誰だって親身になって相談に乗ろうとするだろう。そのまま彼女から『友人になろう』という言葉を引き出すつもりだったが……。

「それは、得意になりたいんですか？」

「え？」

「いえ、得意じゃないなら無理にやらなくてもなぁ……なんて思っただけです」

「……………」

まさか、人付き合いを無理にしなくてもいいなんて言われるとは思わなかった。

予想外の返事に思わず笑ってしまう。やっぱり僕は、人間関係を築くのが苦手らしい。

（そういえば、他人と会話をして面白いと思ったのは久しぶりかもしれない……）

しかし、それからしばらくして事件が起きる。


「貴様っ！　そこで何をしているっ！」

階段に響き渡るブライアンの怒声。その声に驚き、振り返ったルネが足を滑らせて階段から落ちていく。

慌ててルネに駆け寄ると、信じられない声が聞こえた。

「一体、アデールに何をした？」

あまりの発言に驚きと共に怒りが湧いた。

僕もブライアンも現場を見ていたはずだ。それなのに、目の前で階段から落ちたルネを気遣うことなく、あまつさえ罵倒するなんて……。

それからは僕が何を言っても、ブライアンはルネを加害者へと仕立て上げていくばかり。

（これが王族のすることか……？）

その事件をきっかけにルネを取り巻く状況は一気に悪化した。見えるところでも、見えないところでも、彼女の身に学園中の生徒たちからの悪意が降り注ぐ。

せめて少しでも盾になれればとルネに声をかけるが、僕を気遣ってか、逆にやんわりと距離を置かれてしまった。

日に日にルネの表情から余裕がなくなり、眠れていないのか目の下の隈もひどい。

こんな状況でも誰にも頼ろうとしない彼女を見るたびに、胸の奥が苦しくなった。

(ゲーム？　前世？　それがなんだ？　ずっと彼女のことを見てきた僕は知っている。現実のルネは何もしていない)

入学式の出来事は見ていない。もしかしたら、ブライアンたちにルネが色目を使ったことが真実なのかもしれない。

けれど、それからのルネは周りからの敵意を受け流すだけで、誰かに悪意を向けることもなく、ただ静かに学園生活を送っていた。そんな彼女に対して、この仕打ちはないだろう！

僕はルネの名誉を回復するために動くことを決意する。

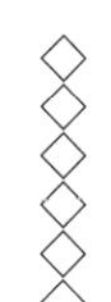

図書室の拡声魔導具から聞こえていたアナウンスが、魔獣討伐の完了から生徒の下校を促すものへと変わった。

図書準備室の窓から見える空が夕焼けに染まっている。

僕がアリスターを探しにグラウンドにいた頃、中庭のお茶会ではルネが退学を申し出て、それをブライアンが受け入れたという話をドロテから聞いた。

「これで準備はできた。ある意味いいタイミングだったのかもしれないな」

僕はそう言いながらドロテの赤い首輪をそっと外し、その中央に固定していた虹色に輝く魔石を慎重に取り外す。これでしっかりと記録されているだろう。

「で、これからどうするの？」

首輪が窮屈だったのか、その身体を伸ばしながらドロテが僕に問いかける。

本当は、ルネの汚名を濯ぎ、この学園で彼女が平和に過ごせるようにすることが目的だった。けれど、ルネは泣きながらフィルに言った。こんなことをされてまでここにいたくない、逃げ出したいと……。

「どうやら、この国は彼女が必要ないみたいだ。だったら帝国が貰ってもいいと思わないか？」

もちろん、ルネの持つ特殊な能力には非常に興味を惹かれる。けれど、逃げ出したいと言った彼女の願いを叶えてあげたい気持ちのほうが強かった。

「いいんじゃない？　ルネちゃんを連れて帰ったら、ネイトのお母様も喜ぶわよ。……うっかりそのまま婚約者にされそうだけど」

たしかに、この容姿に群がる人たちに辟易して、友人すら作ろうとしない僕のことを一番心配していた母ならば、暴走してあらぬ勘違いをしそうではある。

「でも、それは彼女が断るんじゃないかな？」

「どうして？」

「だって彼女は僕の顔よりも、フィル先輩の顔のほうが好みらしいから」

「ふふふっ、そうだったわね」

僕とドロテは顔を見合わせて笑う。

「さっそく謁見を申し込むとしようか……」

さあ、ただ視ているだけの時間は終わりだ。

side ルネ

「あー、よく寝たぁ……」

自室のベッドの中、目覚めたばかりのぼんやりとした頭が徐々に覚醒してくると、魔力切れによる気分の悪さがすっかりなくなっていることに気が付く。

昨日は、魔力切れでふらふらだった私を、フィルが学園からクレメント男爵家まで馬車で送ってくれた。そして、メイドたちに支えられながらなんとか自室に辿り着き、着替えさせてもらって……その辺りで記憶が途切れている。きっとそのまま眠ってしまったのだろう。

部屋の時計に目を遣ると、時刻は朝の十時をとっくに過ぎ、もうすぐ十一時になろうとしている。どうやら、半日以上も眠っていたようだ。

(最近、あんまり眠れてなかったからなぁ……)

魔力切れだけではなく、連日の睡眠不足も関係していたのかもしれない。

私はベッドの中でごろんと寝返りを打ち、昨日の出来事を思い出す。

フィルとネイトの前で大泣きし、中庭のお茶会に乗り込んでフィルが暴言をぶちまけ、私が退学を宣言。そのまま颯爽と退場したのにまさかの魔獣襲撃で中庭へと戻り、大怪我をしたアリスターを光魔法で治療し、渋々ブライアンの怪我も治療したら魔力切れでぶっ倒れ……。

いや、ちょっと昨日のハイライトが多過ぎる。供給過多だ。

（フィル先輩……）

中庭のお茶会でのフィルの言動を思い浮かべる。周りが敵だらけの中、フィルの堂々とした振る舞いには目を見張るものがあった。

そんな彼が隣にいてくれたからこそ、私も勇気を出してブライアンに退学を願い出ることができたのだ。

（あー、もう、ほんとにかっこよかった！）

昨日のフィルの姿を思い出し、ついつい顔がニヤけてしまったが、部屋に一人きりなので許してほしい。

フィルへの気持ちをはっきりと自覚したのは昨日のことで、いつ好きになったのか……と考えてみるも、明確なきっかけは思い出せない。

ただ、私の話に耳を傾け、私のために怒って、ずっとずっと私の側で味方になってくれた人。

（きっと、そんなフィル先輩のことをいつの間にか好きになってたんだろうな）

そう結論付けた私の胸の中は、温かな気持ちが溢れていっぱいになる。

むしろ、あんなにかっこいいフィルに惹かれないほうがおかしいのだ。もしかしたら、こっそりフィルに想いを寄せているご令嬢もいるのかもしれない。いや、確実にいるだろう。

今までは医者と患者のような関係だったが、これからは異性として少しでも意識してもらえたら……と、考えたところでふと気が付いた。

（これから……）

そう。これから……あとどのくらいフィルと一緒に過ごせるのだろう？

中庭でブライアンに退学を宣言した時、私はこれ以上フィルに迷惑をかけたくなかったし、当て馬ヒロインの役割からも逃げ出したくて必死だった。

解決する手段は、私がゲームの舞台から降りるしかないと思った。

けれど、学園を退学して貴族令嬢でなくなってしまえば、私とフィルとの接点はなくなってしまうのだ。

「はぁ……」

知らずにため息が漏れ、先程まで高揚していた気持ちが現実に直面して萎んでいく。どうしようもないことだとわかっていても、胸の奥が苦しくなってしまう。

その時、控えめなノックの音が響いた。いつも身の回りのお世話をしてくれているメイドたちが、私の様子を見に来てくれたのだ。

私は心配と迷惑をかけてしまったことを彼女たちに謝罪し、そのまま自室で昼食を取ることにした。

「あー……美味しい……」

昨日から丸一日何も食べていなかった空っぽの胃に、ミルク粥が優しく染み渡る。最近はなんだか食欲が湧かず、こんなふうにゆっくりと食事を味わう余裕もなかったからか、久しぶりの感覚にほっとした。

そして、食事を終えた私のもとにクレメント男爵家の執事が訪れる。

本来なら今日は狩猟大会だったが、あのような事件が起きたので学園はしばらく休校になり、再開の時期については決まり次第連絡がくるらしい。

そんな説明のあと、執事は次の伝達事項を口にする。

「え？　フィル先輩が？」

なんと、フィルがもうすぐお見舞いに訪れるというのだ。

昨日、私をクレメント男爵家まで送り届けた際に、翌日……つまり、今日の見舞いの訪問を約束してから帰ったらしい。もちろん、私の体調が悪ければ、会わずに見舞いの品だけを渡して帰ると告げて。

（……フィル先輩がお見舞いに来る！）

フィルに会えるのは嬉しい。しかし、私は昨日の夕方から今までずっとベッドの中の住人だった。お風呂にも入っていないこんなボサボサな姿で会うわけにはいかない。

急いで身なりを整えなければとパニック状態であわあわしていたその時、クレメント男爵夫人が様子を見に現れた。

「ふふっ、病人なのだから華美に着飾る必要はないわ。それに、気を抜いた無防備な姿にぐっとくる男性も多いのよ？」

そんな百戦錬磨感が漂う夫人の言葉に、私はなんとか落ち着きを取り戻す。

「それにしても、昨日の今日でもうお見舞いに来るなんて……ずいぶんと心配症な方なのね」

夫人はクスリと笑いながらそう言ったあと、メイドたちに入浴準備やフィルの出迎えの指示を出し始めた。

それからしばらくして、約束の時間通りにフィルがクレメント男爵家を訪れる。

本来ならばホールで出迎え、そのまま応接室へ移動するべきなのだが、私は病み上がりだということで自室にて待機。代わりに、クレメント男爵夫人がフィルを出迎えて自室まで案内してくれた。

「では、お茶の準備をしてまいりますわ」

そう言って夫人は艶やかな笑みを浮かべ、部屋の扉を開けたまま退室する。

未婚の男女が部屋で二人きりになる場合、このように扉を開けておくことは貴族のマナーだからだ。

私はちらりとフィルに視線を向ける。

ダークグレーのジャケットに白のシャツ、細身の黒のトラウザーズというシンプルな装いが、フィルのスタイルのよさを引き立たせている。

対する私は、夫人がチョイスしてくれた白の小花柄のワンピースに淡いブラウンのカーディガンを羽織っていた。

「どうぞ……」

私がぎこちなく椅子を勧めるも、なぜかフィルは私の姿をじっと見つめたまま動かない。

「フィル先輩……?」

「あ、ああ」

返事をしたフィルは椅子に座るが、私を見つめる視線は変わらない。

「あの、もしかして、どこか変でしょうか?」

夫人のアドバイス通り、華美に着飾ることはせずに髪を整える程度に留めた。

しかし、急いで準備をしたので、おかしなところがあったのかもしれないと不安になる。

「いや、そうじゃなくて、ルネのそういう装いもかわ……新鮮だと思ったんだ」

そう言いながら、フィルは俯いて眼鏡を指で押し上げた。

「たしかに、ラフな私服姿で会うのは初めてですもんね」

フィルの視線の意味がわかり内心ほっとしながら、私もテーブルを挟んだ向かいの椅子に座る。そして、しばしの沈黙……。

扉を開けたままとはいえ、自分の部屋にフィルと二人きり……。

心臓がドッドッドッと恐ろしいほどの音を立てている。フィルのことを必要以上に意識してしまい、うまく言葉が出てこない。

そんな妙な雰囲気の中、先に口を開いたのはフィルだった。

「その……体調はどうだ？　寝ていなくても平気なのか？」

「は、はい！　昨日よりは元気になりました」

「そうか……それならよかった」

フィルはふうっと息を吐き出し、安堵の表情を浮かべる。

「じゃあ、これは食べられそうだな」

そう言うと、フィルは紙袋の中から白い箱を取り出し、テーブルの上に置いて蓋を開けた。

中にはプリンが六個並んでおり、それぞれ味が異なるのか容器の中の色味は全て違っている。

「前に、食べてみたいって言っていただろ？」

「あ……」

このプリンは王都の中心街にある洋菓子店のものだが、かなりの人気商品で、放課後にフィルと二人で立ち寄った時にはすでに売り切れていた。その時に『食べてみたかったのに……』と、私が嘆いていたことを覚えていてくれたのだ。

「ありがとうございます！」

私は笑顔でフィルにお礼を言う。

子供の頃からの大好物であるプリンを買ってきてくれたことより、私の些細(ささい)な言動を覚えていてくれたことが嬉しかっ……いや、やっぱりプリンも嬉しい。どっちも嬉しい。

タイミングよくメイドが紅茶を運んで来てくれたので、そのまま二人でプリンを食べることにする。

「これ、ものすごく美味しいです！　苺フレーバーは大正解です！」

「ああ、美味いな」

私は苺プリンをペロリと平らげると、次はチョコレートフレーバーのプリンに手を伸ばす。

美味しいプリンのおかげか、いつの間にか緊張は解けていた。

「昨日は私のためにありがとうございました。ブライアン殿下にガツンと言ってる姿を見てスッキリしましたよ！」

昨日は中庭の件のお礼を言う間もなく、魔獣襲撃事件に巻き込まれてしまったのだ。

「でも、フィル先輩のお祖父様にはご迷惑をかけてしまいましたね……」

私はそう言葉を続ける。

フィルは、素行調査の写しを手に入れるため祖父に力を借りたと言っていた。おそらく、それは簡単にできることではないはずだ。

「いや、俺が勝手にやったことだから……」

なぜか、ばつの悪そうな表情でフィルは答えた。

（やっぱりフィル先輩は優しいな）

私に気を使わせまいとしている彼の態度にほわほわとした気持ちになる。

そんなことを思いながら、二個目のプリンを平らげた私は三個目に手を伸ばす。やはり、ここはノーマルプリンで原点回帰すべきだろう。

そんな私を見てフィルが軽く笑う。

「子供の頃から好物は変わらないんだな」

そうなんです！　と笑顔で返そうとして……はたと気が付いた。

「……どうして、私が子供の頃からプリンが好きだって知っているんですか？」

「え？」

「そんな話、フィル先輩にしましたっけ？」

「…………」

私の言葉にフィルはその目を見開いたあと、なぜか気まずそうに視線を逸らす。

(まさか……？)

つい先程の、ばつの悪そうなフィルの表情の意味に勘付く。

「素行調査……」

「ルネ、悪かった。わざとじゃないんだ、不可抗力で……」

珍しく焦った様子のフィルを私はジト目で見つめる。

よくよく考えれば、国が調べたという私の素行調査の内容を、フィルには全て知られていることになるのだ。

「何が書いてあったんですか？」

「それは……」

フィルが私から視線を逸らしたまま、ゆっくりと口を開く。

「主にルネの生い立ちに関することだ。家族構成と学歴。あとは、趣味嗜好や交友関係に、異性との交際歴や犯罪歴の有無とか……」

「…………」

思っていた以上にガッツリ素行を調査されていた。学歴や犯罪歴の有無などはわかるが、異性との交際歴を調べる必要はあったのだろうか……。

思わず遠い目になった私に、申し訳なさそうな表情のフィルが頭を下げる。

「本当にすまなかった。ルネに許可を取るべきだったのに……」

フィルが素行調査の内容を知ったのは、興味本位でも私利私欲のためでもない。ブライアンの主張を論破し、私の身の潔白を証明するために必要だったことは理解している。

……理解はしているが、私の過去のあれこれを一方的に知られているというのは別の話だ。

「わかりました。じゃあ、フィル先輩のこともいろいろ教えてもらいますからね！」

だが、知られてしまったものは仕方がない。私もフィルのあれこれを知ってしまえばいいのだと開き直る。

「そうじゃなきゃフェアじゃないですよ！」

「……わかった。なんでも聞いてくれ」

フィルは軽く両手を挙げて、観念したように答える。

私は居住まいを正すと軽く咳払いをし、さっそくフィルに質問を始めた。

「では……ご趣味は？」

「…………パズル」

フィルがぼそりと答える。

「フィル先輩ってパズルが趣味なんですか？」

「ああ、子供の頃から続いている唯一の趣味だ」

「へぇ～、いいですね！」

これは意外な答えだった。フィルとはそれなりに会話をしてきたが、パズルが好きだとは聞いたことがなかったからだ。

「好きな食べ物はなんですか？」

「それはお前もよく知っていると思うけど……」

「やっぱり甘いものですか？」

「ああ」

「私と一緒ですね！　じゃあ、苦手な食べ物は？」

「ピーマン」

まさかのお子ちゃま舌だった。

「あの苦みがダメなんだ……」

そう付け加えるフィルの恥じらう表情がなんだか可愛くて、ニヤついてしまいそうになる口元を必死で抑える。

それから、フィルは私のどんな質問にも全て正直に答えてくれた。

小動物が好きで、脚がたくさん生えている虫が苦手なこと。泳ぐのはけっこう得意なこと。女性はまず顔から見てしまうこと……。

（フィル先輩のことをたくさん知れて嬉しい！）

完全に調子に乗った私は、ついに、一番聞きたいけれど一番聞きにくい質問をする。

「フィル先輩の……異性との交際歴は？」

「なしだ」

フィルのあっさりとした返事に、私は心の中でほっと安堵の息を吐く。

「幼い頃に将来を誓い合った幼なじみは？」

「いない」

「昔、溺れているところを助けてくれた少女を忘れられないとか？」

「そんな出来事はなかった」

私はごくりと喉を鳴らす。

「じゃあ、最近……婚約を打診されたりは？」

「ないな」

「そ、そうですか！」

その答えを聞き、私は心の中で祝杯をあげる。

「なんでそんなことを聞くんだ？」

「この前、アリスター殿下に婚約の打診が来たって言ってたじゃないですか。だから、フィル先輩はどうなのかなぁ……って」

「王族のアリスターはともかく、なんの取り柄もない伯爵家の次男にそうそう声はかからないぞ？」

「いえ、そういう政略的なことじゃなくって……フィル先輩のことを好きになったご令嬢からの打診っていう意味です」

私の言葉に、フィルは不思議そうな表情（かお）でパチパチと瞬きをする。

「だって、アリスター殿下の隣にいたせいで、フィル先輩のかっこよさに気が付いたご令嬢がいると思うんですよ！」

アリスターが注目を浴びるようになってから、フィルのことも度々話題に上がるようになっていた。そんなフィルのことを見初めたご令嬢がいてもおかしくない。

私の力説にフィルは少し固まったあと、破顔して声をあげて笑い出した。

「な、なんで笑うんですか！」

「ははっ、そんなことを言うのはお前くらいだよ」

そう言って笑い続けるフィルの姿をじっと見つめる。

（ああ、好きだなぁ……）

笑うと切れ長の目がさらに細くなるのも好きだ。

（ずっと、こんな時間が続けばいいのに……）

このままフィルと一緒に笑い合っていたい。そんな想いと共に、胸の奥がぎゅっと締め付けられる。

だけど、幸せな時間はあっという間に過ぎてしまう。

フィルが部屋の時計に目を遣ると、もうこんな時間か……と、呟いた。

「病み上がりなのに長居して悪かったな」

そう言って残りの紅茶を飲み干すと、席から立ち上がって帰り支度を始める。

フィルが帰ってしまう……。

その瞬間、ひどい焦燥感に駆られた。

私も慌てて席から立ち上がり、フィルに近寄るとそのジャケットの裾を掴む。

「もう帰っちゃうんですか？」

そのまま、背の高いフィルの顔を見上げる。

「あ、ああ。……そろそろお前も休んだほうがいいだろ？」

フィルの言うことはもっともだ。だけど、私は……。

「でも、先輩が帰っちゃうのは寂しいんです」

「ぐぅっ……！」

「え？　先輩、大丈夫ですか？」

なぜか呻き声をあげるフィルに声をかける。

すると、フィルは息を整えながら俯いて、眼鏡を指でぐいっと押し上げた。

「明日も……会いに来るから」

「本当ですか？」

なんと、フィルは明日もお見舞いに来てくれるらしい。

嬉しい気持ちと共に、ある考えが脳裏に浮かぶ。

（このまま具合が悪い振りをしていれば、これからもお見舞いに来てくれるかもしれない）

優しい彼の気持ちを利用するようで心苦しいが、それでも私はフィルに会いたい。そのためなら、いくらだって仮病を使おうと心に決める。

「体調を悪くして待っていますね！」

「いや、そこは早く元気になってくれ」

フィルに呆れた声でそう言われてしまった。

この想いを伝える勇気はまだ持てない。けれど、いずれお別れをするその時には伝えられたらいいなと思う。

だから、あともう少しだけ……どうか、このままで……。

side ブライアン

私はアデールと過ごした日々を思い起こす。

私の婚約者だと紹介された日のこと、いつも怯えたような表情で私を見ていたこと、なぜか会うたびに母の体調を確認してきたこと、そして……。

母が罹っていた流行り病の治療薬の原料が、アデールの助言によって用意されたものだと知り、彼女を問い詰めた結果……アデールの口から語られたのは、信じられない前世の記憶というものだった。

その前世の記憶により、彼女はこの世界で起こる出来事をすでに知っているという。

本当ならば、私の母が流行り病で亡くなり、そのあとに側妃であるオドレイ様が王妃となって、異母弟(おとうと)であるアリスターが私を攻撃し陥れようと画策する未来であったと告げられる。

「本来のシナリオから外れてしまったとしても、ブライアン様を助けたかったの……」

そう言いながら、アデールはその美しい瞳からぽろぽろと涙を零す。

「それなら最初から相談してくれていれば……」

「だって、こんな話……信じられないでしょう？　それに、私は悪役令嬢だから……」

「悪役令嬢？」

「私の本来の役割は、ブライアン様の恋路の邪魔をして、最後はあなたに断罪されてしまうの」

「そんな……君は私の婚約者だろう？」

「今はそうだけど、ブライアン様には他に好きな女性が現れるわ。そして、私は婚約破棄を告げられる……」

そう言って、アデールは悲しげにその瞳を伏せた。

（こんなにも優しいアデールのどこが悪役だというのだろう？）

正直、前世の話についてはまだ半信半疑だったが、アデールが心優しき少女であることと、私を大切に想ってくれていることは伝わった。

「これからは一人で抱え込まずに私に相談してほしい」

そう言うと、アデールは「信じてもらえて嬉しい」と言いながら、今度は大声で泣き出してしまった。ずっと誰にも言えずに、一人で不安な日々を過ごしていたのだと打ち明けられる。

それからは彼女の前世の記憶を頼りに、私のように心に傷を負うはずだった者たちを救うことに尽力した。

騎士団長の子息の妹を誘拐犯の魔の手から無傷で救い出し、宰相の子息が義母から受けていた虐待を暴き、魔術師団長の子息の魔力暴走を未然に防いだ。

私も、アリスターと距離を置くことで身を守る。

その頃には、彼女の前世の話を疑う気持ちはすっかりなくなっていて、誰かを助けるために懸命に走り続けるその姿を心から尊敬し、同時に悪役令嬢であることに不安を持ち続ける彼女を守ってあげたいと思った。

「アデール、君を決して悪役令嬢になんてさせやしない……」

私の全てを賭けて、そう誓ったんだ。

魔獣襲撃の日から三日が経っていた。王立学園は捜査と警備の見直しを理由に、二週間の休校となっている。

襲撃のあと医師による検査を受けたが、ハティによる傷は完治しており傷跡一つ残っていないと言われた。それでも、念のため自室での療養を言い渡されてしまう。

一人ベッドの上で目を閉じていると、思い出したくもない場面ばかりが脳裏に浮かぶ。

魔獣の唸り声、倒されたテーブルと食器の割れる音、咄嗟にアデールを庇う側近たち、誰かの悲鳴、左肩に走る痛み、そして……。

アデールの話では、それらは『魔獣襲撃イベント』として狩猟大会で起きるはずのものだった。

しかし、それはあのように周囲を巻き込むものではなく、カトブレパスという大型の魔獣一匹が私たちの前に現れると聞いていた。そして、そんな魔獣を手引きしたのがアリスターであるということも。

（アリスター……）

私は今でもアデールの前世の記憶を信じている。けれど、魔獣から私を庇い立つその背中が、自分の命は差し出して当然だと言い放つその声と表情が……どうしても頭から離れない。

私はのろのろと起き上がり、ベルを鳴らして専属の執事を呼ぶと、身支度をすることを告げる。まだ療養中の身ではあったが、今日は父から呼び出しを受けており、何やら賓客が来訪するからと正装を命じられていた。

支度を整え、時間通りに貴賓室へと向かう。

めったに入ることのないその部屋には、すでに父である国王と母である王妃が席につき、二人の後ろには宰相が立ち、そして、テーブルを挟んだ反対側の椅子に座っていたのは……。

（誰だ……？）

前髪を上げた艶やかな黒髪に、弓なりの形のいい眉、そして強い光を放つ金の瞳が私に向けられている。

それは、恐ろしいほどに整った顔立ちで、私はまるで魅了されてしまったかのように彼の姿から目を離すことができない。

「ブライアン……」

母の静かな呼びかけにハッと気付いて、慌てて姿勢を正し謝罪をする。

「申し訳ありません。遅れてしまったようで」

「いえ、時間通りですよ」

そう答えたのは黒髪金眼の彼だった。

つまり、私が訪れる前に、父や母と何かしらの話を済ませていたということだろう。

「紹介しよう。こちらはネイティール・ザイトニア第三皇子殿下だ」

父の言葉に知らずに息を呑む。

(彼が噂の……)

強大なザイトニア帝国の第三皇子の噂は、この国にも届いていた。主にその容姿についての噂ばかりだったが、その美貌を一度目にすると必ず夢に現れるだとか、有名な画家が彼の美しさを描ききれずに筆を折っただとか、そんな嘘か真かわからないような逸話ばかりだった。

どこの絶世の美女の話かとその噂を聞いた時は笑ったものだが、実際に目にしてみると、噂もあながち間違いではないのかもしれないと思ってしまう。

それほどまでに目を引く……いや、惹きつけられてしまう容姿だった。

互いに挨拶を済ませ席につくと、父からネイティール皇子が王城を訪れた理由について説明を受ける。

実は彼がこの国に留学していること、顔と素性を隠して王立学園に通っていたこと、そして魔獣襲撃についての情報提供を申し出てくれたこと。

父から聞かされた話の内容には驚かされたものの、それだけ極秘の留学なのだと理解した。

それよりも、魔獣襲撃の情報提供という話が気になった。

「情報提供……ですか？」

「はい。こちらをご覧いただけますか？」

ネイティール皇子はそう言ったあと、後ろに控えていた従者に小さく声をかける。

「ドロテ、頼んだよ」

「はい」

ドロテと呼ばれたその従者は、ネイティール皇子と同じ黒髪金眼で、長い髪を一つに束ねていた。ただ、その見た目が男性にも女性にも見える不思議な雰囲気を纏っている。

そんな従者の両腕には、正方形の見たことのない魔導具と銀の箱が抱えられていた。

ドロテはテーブルの上に正方形の魔導具を載せると、次は銀の箱をテーブルに置いてその蓋を開ける。その中には、宝石だろうか……虹色に輝く石がいくつも並べられていた。

ドロテは慣れた手付きで魔導具を起動させると、その虹色の石を魔導具の上部にある窪(くぼ)み部分に嵌(は)め込む。

「では、皆様ご注目ください」

従者の声を合図に、その正方形の魔導具に嵌め込まれた石が輝きを放ち、私たちの頭上いっぱいに魔獣たちに襲われる生徒たちの姿が映し出された。

「これは一体……？」

「つい先日、王立学園で起きた魔獣襲撃の映像です」

「なるほど、この魔導具が魔石の記録を映し出しているのか」

「その通りです。この映像を見ていただくと、魔獣たちの動きがおかしいことに気付かれると思います」

「ああ。これは訓練された魔獣のようだ……」

私や他の襲われた生徒たちの証言から推測されていたことではあるが、あの魔獣襲撃は事故ではなく、誰かが故意に起こした事件であるということだ。

「さすがに犯人までは僕にはわかりませんが、事件解決の糸口になればと思っております」

そうネイティィール皇子が口にした時、魔石から私の姿が映し出される。

アデールを庇う三人の側近たちとハティに襲われる私、そして、そこに駆けつけるアリスター……。それを見た父と母は同時に眉を顰（ひそ）め、宰相は気まずそうな表情で視線を逸らす。

と、そこで映像はドロテによって消されてしまう。

「しかし、僕が協力を申し出たのは、他にも理由がありまして……」

微妙な空気の中、平然とした態度でネイティィール皇子は話し続ける。

「この映像を提供する代わりに、ルネ・クレメント男爵令嬢を我が帝国に迎え入れる許可をいただきたいのです」

「ルネ・クレメント男爵令嬢というと、息子たちの怪我を治療した……？」

「ええ。彼女の持つ力は唯一無二のものです」

「…………」

ネイティール皇子の言葉に父はその表情を固くし、口調も少し非難を含ませたものに変わる。

「彼女の力が唯一無二だとわかっていながら、みすみすそちらの国に渡すわけにはいくまい」

「しかし、王立学園を退学したあとの行き先はまだ未定なのでしょう？」

「退学？」

その瞬間、全身の血が冷えわたるような感覚を味わう。

王子二人の怪我を傷跡も残さずに治療したルネ……。そんな彼女の退学についてどう報告するべきか、未だに私は悩んでいた。それなのに、このような場で話題に出されてしまったことにひどく動揺してしまう。

しかし、そんな私の気持ちとは裏腹に、さらに事態は悪化していく。

『お前たちは誰だ？　第一王子とその側近なんだろう？　この学園は貴族社会の縮図だ。そんな場所で、トップであるお前たちが率先してルネを排除する動きを見せれば、それに皆が続くとなぜわからない？』

突然、フィルの声が部屋中に響き、魔導具から再び中庭の様子が映し出された。しかし、それは魔獣襲撃が起こる少し前……お茶会に、フィルとルネの二人が乱入した時のものだった。

フィルと言い争う私たちの姿が、音声と共に鮮明に映し出されていく。

『ブライアン殿下、退学の手続きをよろしくお願いしますね？』

『…………わかった』

そして、私がルネの退学を了承したところでようやく映像は消えた。

「これは一体……なんなんだ？」

「…………」

父も母も信じられないものを見るような目で私を見つめる。その視線を避けるように、私は黙って俯くことしかできなかった。

「第一王子であるブライアン殿下が、クレメント嬢の退学をお認めになられましたので。それに、これは彼女自身の望みでもあります」

そう言ったあと、ネイティール皇子は父に向けたその金色の目を細める。

「陛下は、学園でのクレメント嬢の様子をご存知なかったのですか？」

「…………」

父はしばしの沈黙のあと、その重い口を開く。

「少し前、王城の医務局から、職員候補であるクレメント嬢の学園での扱いについて、改善要求の訴えが出ていた。……今さら言い訳になってしまうが、そのことについての調査をしようとした矢先に今回の事件が起きてしまったんだ。しかし、緊急の案件ではないと判断していたのも事実だ」

「……そうでしたか。残念ながら、彼女の決断のほうが早かったようです」

ネイティール皇子はさらに言葉を続ける。

「クレメント嬢を帝国に迎え入れる許可をいただけるのでしたら、こちらの映像も提供いたしましょう」

要するに、私の失態の映像を取り引き材料にして、ルネを帝国へと連れていくつもりなのだ。

「ネイティール皇子、一つお願いがございます」

すると、今まで黙ったままであった母が口を開く。

「クレメント嬢を帝国へと連れていかれる前に、今回の魔獣襲撃の被害に遭った生徒たちの治療を彼女にお願いしたいのです」

「…………」

ネイティール皇子は無言でその視線を母へと向けた。しかし、彼のその美しい金の瞳が怒りの色に染まっていく。

その様子に気付き、顔を強張らせながらも、母は懸命にネイティールに訴えかける。

「あの中庭にいた生徒たちのほとんどが、魔獣によって身体のいずれかに傷を負いました。中には顔や目立つ部分に傷跡が残ってしまった生徒もいるのです」

「つまり、その傷跡をクレメント嬢の治癒能力によって消してほしいと……そういうことでしょうか？」

「ええ。傷跡のせいで彼らの未来に影を落としてしまうのが可哀想で……」

そんな母の言葉にネイティール皇子は口元に笑みを浮かべたが、その美しいはずの笑みには嘲りが含まれている。そして、そのままドロテに意味ありげな視線を送った。

私はそんな彼らの様子に不安を掻き立てられるけれど、ただ見守ることしかできないでいる。

ドロテが魔導具に新たな魔石を嵌め込むと、俯きながら廊下を歩くルネの姿が映し出された。

そんな彼女に向けて、聞こえよがしに男子生徒二人が悪口を言っている。

『やっぱり育ちの悪さは性格にも表れるんだよ。平民上がりが忌々しい！』

『お前のような女がアデール様に嫉妬するなんて、思い上がるのもいい加減にするんだな！』

そんな彼らの言葉に何を言い返すこともなく、ルネは俯いたまま廊下を歩いていく。

すると、場面が変わる。

今度は、三人の女子生徒がくすくすと笑いながらルネのダンスシューズを勝手に持ち去り、離れた場所のゴミ箱に投げ捨てていた。

次々と場面は変わっていく。

廊下を歩いていたルネを、女子生徒たちが取り囲み罵声を浴びせ続けている。ルネの机から教科書を勝手に取り出すと、ビリビリに破いて机の上に置いて立ち去る。そして、廊下を歩いていたルネの前に男子生徒三人が立ち塞がり、彼らの横をすり抜けようとしたルネの肩と手首を男子生徒の一人が無理やり摑んで……。

「これらの映像を公にしてもよろしければ、可哀想な彼らの治療を受け入れましょう」

魔石が映し出す映像にショックを受けたのか、母はネイティール皇子の言葉に何も返せないでいる。

「な、なぜ、こんな映像を……？」

それは純粋な疑問から出た言葉だった。そんな私を射抜くように金の瞳が向けられる。

「あなたがおっしゃったんですよ、『どこに証拠があるんだ？』と……。だから、今回はきちんと証拠を用意しました」

「一体なんのことを……？」

「図書室前の階段での出来事をお忘れですか？」

そう言ったネイティール皇子は、右手で自身の前髪を下ろし、胸元から取り出した分厚いレンズの眼鏡をかけてみせた。

その眼鏡の分厚いレンズによって金の瞳が隠されてしまうと、途端にネイティール皇子の印象がガラリと変わった。そして、図書室前の階段という彼の言葉から、あの時のルネに駆け寄った生意気な男子生徒の姿が脳裏に浮かび、それが目の前の彼と重なって……。

（…………あっ！）

そんな彼に対してどのような言葉を発したのかを同時に思い出し、自分の顔から血の気が引いていくのがわかる。

「思い出していただけましたか？」

「あの時の……」

「ええ。その節はどうも。あなたのおかげで、無事にクレメント嬢を我が帝国に迎え入れることができそうです」

「………………」

そう言いながら、ネイティール皇子の口元が美しい弧を描く。

彼は再び眼鏡を外すと、何も言えないままの私ではなく父に顔を向ける。

「では、詳しい内容に関しましては書面をご覧ください」

その言葉に合わせて、ドロテがテーブルの上に書類を並べていく。その用意周到さに呆気に取られながらも、父と宰相は無言のままその書類に目を通した。

「……クレメント嬢の名誉の回復というのは？」

「言葉の通りですよ。先程の映像で、ブライアン殿下が事前に情報を得ていたとおっしゃった『クレメント嬢の素行問題』について、帝国に連れていく前にはっきりとさせましょう。本当に問題がある人物ならば対処が必要ですし、問題がなければ彼女の名誉の回復を望みます」

お茶会に乱入したフィルと私のやり取りは、すでに映像で見られてしまっている。

「……ブライアン。クレメント嬢にはどのような問題があるんだ？　どこから得た情報だ？」

「…………」

「なぜ、何も答えない？　この場には我らしかいないのだぞ？」

「…………」

何も答えられない。答えられるはずがない。アデールには前世の記憶があり、この世界の未来を知っているなどと……。

しかも、狩猟大会で起こるはずだった『魔獣襲撃イベント』が、彼女の知る未来とは違う形で起きてしまった。これでは、未来を知るというアデールの能力を証明することも難しい。

必死に頭を働かせても言うべき言葉が何も見つからず、皆の厳しい視線が突き刺さる。

すると、ネイティール皇子が口を開いた。

「どうして、あのようなことを？」

「…………」

私はのろのろと顔を上げ、その美しくも恐ろしい金の瞳を見つめ返す。

「あなたならば、もっと他にやりようがあったのでは？」

まるでこちらの内情を知っているかのような皇子の言葉に、ドキリと私の心臓が波打つ。

わかっている。あのような周りの目がある場所で、何も知らないルネにいきなり絶縁を突きつける必要などなかった。ただ、ヒロインが現れることに怯えるアデールを安心させたいという私のエゴによる行動だ。

そして、ルネに絶縁を叩きつけたあとにアデールが浮かべた一瞬の表情……。

彼女自身も気付いていないだろうそれには、今まで見たこともない恍惚に満ちた喜びと、私への信頼が見て取れた。

だから、アデールが喜ぶならばと、彼女への愛情表現としてルネを冷遇する態度を取ってしまった。……全ては私のせいだ。

「あなたをそんなふうにしてしまったのがワウテレス嬢だとしたら、彼女はまさに傾国の悪女のようですね」

「っ！」

それなのに、突然アデールの名前を出された私はひどく動揺してしまう。

「アデール嬢……？　まさか、彼女が関係しているのか？」

「いえ！　アデールは関係ございません！」

アデールを巻き込むわけにはいかない。父の言葉を即座に否定し、思わずネイティール皇子を睨みつけてしまった。

「ああ、申し訳ない。あなたの婚約者に対して言葉が過ぎました」

私の睨みなど意にも介さず、皇子はあっさりと非礼を詫びる言葉を口にする。

「悪女ではなく、悪役令嬢だったか……」

しかし、ネイティール皇子のその小さな呟きは、ブライアンの耳には届かなかった。

ネイティール皇子とドロテはすでに貴賓室から退室し、残された私たちの間には重苦しい空気が流れている。

結局、私は真実を告げることもうまい言い訳を思いつくこともなく、ただ沈黙を貫くことしかできなかった。

仕方なく、今後の対応については後日の返答になることを父がネイティール皇子に告げると、『いいお返事を期待しておりますよ』と言って彼は貴賓室をあとにした。

「はぁ……。まずいことになったわね」

身内だけになったからか、幾分か気が抜けた様子の母が大きなため息を吐く。

「ブライアン。私たちにもクレメント嬢の問題がなんであるかを話せないの？」

「…………申し訳ありません」

「そう……。じゃあ、聞き方を変えるわ。そのことを話せばあなたの状況は今よりも悪くなる？」

「…………はい」

私の返事を聞いた母の口から、もう一度深いため息が漏れた。

「仕方ない。これからのことを考えるしかあるまい」

「ええ、そうね……」

父の諦めたような声に母が同意をする。

「クレメント嬢のことは諦めるにしても……襲撃に巻き込まれた生徒たちの傷跡だけでも、どうにか治せないかしら？」

「あの映像を公にすることを良しとしろと？」

それに対し、すかさず宰相が意見を口にする。

「お言葉ですが、あの映像が国内だけでなく他国にも公にされてしまえば、我が国は一気に批判の的となるでしょう」

「他国……その可能性があったわね」

「あの魔石が複製可能であれば一気に広まります」

「複製……ないとは言い切れんか」

「はい」

父と母、そして宰相の会話にただじっと耳を傾ける。すると、母がすっと目を細めて私を見つめた。

「あなたのための話をしているのよ？」

「私の……？」

「ええ、そうよ。……ねぇ、今回の襲撃で傷跡が残った生徒たちは、どんな気持ちになると思う？」

「それは……傷の程度や場所にもよりますが、ひどくショックを受けることでしょう」

「そうね。そして、そんな彼らの怒りや悲しみが、あなたとアデール嬢に向けられるはずよ」

「は？」

母の言葉の意味がわからない。

「な、なぜ、私とアデールに？　魔獣襲撃を企んだ者に向けるべきです」

「もちろん、憎むべきは襲撃を企てた犯人よ？　けれど、人の心はそんなに簡単なものではないわ」

そう言って、母は真剣な表情で私の顔を真正面から見つめた。

「もし、それが自身の過失による傷跡ならば自身の迂闊さを呪い、偶発的な事故によるものならば神を憎むでしょう。けれど、今回は第一王子であるあなたを狙った襲撃に巻き込まれてしまった。それなのに、目の前のあなたはクレメント嬢に傷跡一つ残らないよう治療され、その婚約者であるアデール嬢は側近たちに守られてかすり傷一つ負っていない」

「…………」

たしかに母の言う通り、アデールは私の側近たちに守られたおかげで怪我をすることはなかった。

「巻き込まれてしまった者たちだけが、身体に傷を負わされてしまったの。そんな自身の傷跡を見るたびに浮かぶ焦燥や嘆き、苦しみは、どこへ向かうと思う？」

「しかし、我ら王族が優先して守られるべき立場であることは、彼らもわかっているはずです」

「頭ではわかっていても、心が納得できるとは限らないわ。それに、彼らはあなたの護衛でも騎士でもなんでもないのよ？　まだあなたの臣下ですらない。あなたの護衛であるはずのクライブですらその責務を果たせていなかったのだから、わかるでしょう？」

本来は私の護衛であるはずの騎士団長の子息クライブが、私ではなくアデールを庇ったことを言っているのだとすぐにわかった。

「つまり、臣下として王族を守らなければという覚悟なんて、まだ誰もできていないのよ。それなのに、身体に負った傷跡を『臣下だから』という理由で納得できる子がどれくらいいるかしらね？」

「それは……」

「すでに、クレメント嬢の治療を我が子に受けさせたいという嘆願書がいくつも届いている」

そう口を挟んだ父の言葉に、私やアリスターを治療するルネの姿は、あの場にいた多くの生徒たちに目撃されていたらしいことを知る。

中庭のお茶会に参加していたのは、私やアデールの派閥に属していた生徒たちのみだ。そんな彼らは、学園を卒業してからも、ずっと私たちを支えてくれる者たちであるはずだった。

けれど、彼らだけが身体に傷を負い、傷跡を消せる能力を持つルネは、私のせいで退学となり帝国のものとなる……。

（全て私のせいだと……）

　母がネイティール皇子に生徒たちの傷跡の治療を願い出たのは、傷跡を消すことで少しでも彼らの溜飲を下げるため。

　心の内に主への恨みを秘めた臣下を側に置くことはできないから……。

　今まで築き上げてきたものが、掌の上からサラサラと零れ落ちていくような感覚を覚えた。

「これから大変になるのはアデール嬢のほうかしらね」

「なぜ、アデールが……？」

「女性のほうが身体に傷跡が残ってしまった影響は大きいわ。それに、あの事件が起きたお茶会はアデール嬢が主催したものでしょう？」

「だからと言って、アデールに責任はありません！」

　たしかに、貴族令嬢の身体に傷跡が残ってしまうということは、言葉は悪いが、婚姻に関してその価値が下がってしまうということを意味する。

　すでに婚約者がいるのならばどうにかなるのかもしれないが、これから探すつもりの令嬢にとっては厳しい状況になるだろう。

　しかし、お茶会の開催場所はワウテレス公爵邸ではなく学園の中庭だった。警備の責任は学園にもあるはずだ。そして、魔獣たちが狙ったのはおそらく私で、アデールだって巻き込まれに考えてしまうものよ」

「責任云々じゃなく気持ちの問題よ。アデール嬢が主催したお茶会に参加したせいで怪我をした。同じ襲撃現場にいたはずなのに、どうしてアデール嬢だけが無傷なのって……そんなふうに考えてしまうものよ」

母の言葉に愕然とする。

「しかし、アデールは皆に慕われていて……」

「ええ。今まではね」

「きっと、アデールは傷を負った令嬢たちのことを心から心配するはずです。あんなに優しい彼女のことをそんなふうに思うはずが……」

「傷一つない彼女に心配されれば、さぞかし劣等感を刺激されるでしょうね」

「………」

「アデール嬢が真面目でとても優しい子なのはわかっているわ。けれど、この貴族社会において、それだけではどうしようもないこともあると理解してちょうだい。……女の敵は女になってしまうものなのよ」

「そんな……」

どうしてアデールがそんな目に遭わなければいけないのか。そもそも、アデールはルネの治療を受けたわけではないのに……。と、そこまで考えて私は気が付いた。

「アリスターはどうなのです？　彼もクレメント嬢から治療を受けていました。それに、私を治療するようクレメント嬢に頼んだのも彼です。恨みを向けるのならば、アリスターに対して向けるべきではないでしょうか？」

なんとかアデールを守りたい……。その一心で思わず出た言葉に母は冷たい反応をする。

「それが、命がけで自分を守ってくれた異母弟に対する言葉なの？」

「………」

怒りが滲んだ声でそう言われ、ぐっと言葉に詰まった。

「あなたを庇った右腕の噛み傷は骨まで達していたそうよ。あの子が間違いなく一番の重傷者だった。あの場で治療しなければ命も危うかったほどに……。それに、あの現場で必死に指示を出し生徒たちを救ったのもあの子なのよ。そんなアリスターに恨みを向けるはずがないでしょう？」

「しかし……」

「アリスターの言った通りね」

なおも言い募ろうとする私に、母はまるで憐れんでいるかのような表情を向ける。

「アリスターが何を言ったのです？」

私の問いかけに答えたのは父だった。

「昨日、アリスターから、王弟の役目を辞退したいとの申し出があった」

「なっ……」

「『自分は兄上には信頼されていない。王の側に信用できない自分のような者を置いてはいけない』と言ってな。アリスターは王位継承権の放棄も視野に入れているそうだ」

「……」

突然の話に全ての思考がストップし、頭の中が真っ白になる。

「お前は、命がけで守ってくれる異母弟(おとうと)を失ったんだ」

ぼんやりとした頭のまま、貴賓室から一人退室させられる。残った三人は、ネイティール皇子からの要望にどのように対応するかの協議を続けるそうだ。

そのまま王城の広い廊下を歩いていく。

(王位継承権の放棄……)

アデールの前世の記憶によると、アリスターは王位を狙って私に害を与える存在だったはずだ。それなのに、アリスターは私と争うこともなく、あっさりと自らその地位を捨ててしまった。

(どうして……?)

もちろん、アリスターと距離を置いていたのは彼の策略から逃れるためで、現在の状況だけを見ると私の願った通りのものになっている。

それなのに、そのはずなのに……。

すると、向かいから、私と同じ金髪にアイスブルーの瞳を持った男が歩いてくる姿が見えた。

彼は私の姿を見つけると、驚いたようにその目を見開く。

「兄上！　怪我の具合はその後いかがですか？」

まるで何事もなかったかのようなその態度に、私のほうがひどく戸惑ってしまう。

「……問題ない」

「そうですか。それを聞いて安心しました」

そう言ってアリスターはホッとしたように微笑んだ。

その顔を見るとなぜか胸がチクリと痛み、その痛みを振り切るように頭に浮かんだ言葉をそのまま口にする。

「先程、王弟の地位を辞すると聞いた」

「ああ、父上からお聞きになられたんですね」

「……なぜだ？」

私の問いに、アリスターはゆっくりと口を開いた。

「兄上と信頼関係を築くことのできない俺では、兄上の補佐を務めることはできないからです。それに……兄上は俺のことがずっと疎(うと)ましかったのでしょう？」

「それは……」

「だから決めたんです。俺はこのまま兄上の邪魔な存在にはなりたくないって」

「…………」

「兄上を側で支えることはできませんが、これからも兄上の栄光を祈っております」

「アリスター……」

アリスターの言葉に迷いは何も感じられない。

「あなたの弟として、最後にあなたの命を守る役目を果たすことができてよかった」

そう言って、アリスターは晴れやかな笑顔を見せる。

――それは、決別の言葉だった。

ずっと望んでいた展開だ。それなのに、どうしてこれほどまでに胸の奥が苦しくて、掻きむしりたくなるような衝動に駆られるのだろう？

アリスターは頭を下げたあと、立ち尽くしたままの私の横を通り過ぎる。

私は彼を呼び止めようと、振り向いて口を開き……何も言葉が出てこずに固まってしまった。

なぜか、かけるべき言葉が、するべき会話が……何一つ出てこない。王を補佐する王弟、その重要な役割を降りるという一大事であるはずなのにだ。

結局、アリスターは、そのままこちらを振り返ることなく立ち去ってしまう。

（まるで赤の他人だな……）

呆然としたまま、そんな考えが頭に浮かんだ。

いや、そのほうがまだマシだ。他人ならば、これから関係を築くことができるのだから。

私とアリスターは、他人よりもひどく希薄な関係であることに今更ながら気が付く。

思い返せば、もうずっと何年も前からアリスターに声をかけたことなどなかった。それほどまでに長い間、アリスターを避け続けてきたのだと気付かされる。

けれど、今更……そう、全ては今更だった。もう、どうすることもできない。

(私は、どこから間違えた……？)

廊下の窓から広い庭園がよく見える。幼い頃はこの庭園でアリスターと共によく走り回って遊んでいた。

『兄上！』

どこからか、幼きアリスターの声が聴こえた気がした。

ｓｉｄｅアデール

私が前世の記憶を思い出したのは十歳の頃だった。

『癒やしの君と恋を紡ぐ』

それは、前世で大好きだった王道の学園モノ乙女ゲームで、私は全ルートを完全攻略するほどにはまっていた。

その中でも、メインヒーローのブライアン王子が一番の推しで、まさに王子様なセリフと行動にドキドキする一方、実は愛情に飢えている孤独な一面があったりと、そんなギャップにも惹かれていった。

唯一の心残りは、予備校の帰り道に車に撥ねられて死んでしまい、発売が決定していた追加ダウンロードコンテンツをプレイできなかったこと。

（だけど、私は悪役令嬢アデールなのよね……）

ゲームが始まるまであと数年あるが、このままだと私は学園でヒロインに様々な嫌がらせをし、ブライアンにそれを気付かれたことで断罪されてしまう。なんとかゲームのシナリオから逃れられないかと考えたが、すでに私とブライアンの婚約は整えられたあとだった。

最初は、いくら推しとはいえ、将来断罪を仕掛けてくるブライアンに対して恐怖心を抱いていた。けれど、目の前のブライアンはゲームのような影のある表情をすることのない、年相応の心優しい少年だった。

（これから起きる出来事を知っているのに、このまま何もしなくていいの？）

そんな考えが頭の中に浮かび上がる。

結局、私はブライアンが傷付くのを黙って見ていることはできず、王妃を助けるために動くことを決意した。そして、無事に王妃の命を救ったことをきっかけに、私の悪役令嬢としての運命は変わり始める……。

ゲームの知識をフル活用し、他の攻略対象者たちの事件も未然に防いでいく。そのおかげで、攻略対象者たち皆が心にトラウマを抱えることはなく、ゲームのような暗い表情を見せることもなくなった。

ただ、彼らの性格や周りの環境、その立場などが、ゲームとはずいぶんと違ってしまった。しかし、心にひどい傷を負うことに比べれば些末なことだと思う。

学園に入学してからもブライアンは変わらず優しい婚約者のままで、その頃にはもう、ゲームのキャラクターの推しではなく、一人の男性としてブライアンのことを愛しく思い、誰にも代えがたい存在として感じるようになっていた。

他の攻略対象者たちや友人たちにも囲まれて、私は悪役令嬢ではないアデールとしての人生を歩んでいく。

それでも、心のどこかにいつも不安があった。

ゲームのヒロインが現れれば、途端に皆が私から離れてしまうのではないかと……。

そんな私の不安を払拭するため、入学式のあの日、ゲームのシナリオ通りに遅刻して現れたルネに、ブライアンは絶縁を宣言したのだ。


自室で一人、椅子に座りながらぼんやりと窓の外を眺めていた。外はあいにくの雨模様だ。

魔獣たちが中庭のお茶会を襲撃した事件で、学園は二週間の休校となっている。

本来、魔獣襲撃イベントは翌日の狩猟大会で起きるはずだった。ゲームでそのイベントを引き起こすのはアリスターで、その事件をきっかけにアリスターのこれまでの悪事が明るみに出るのだ。

けれど、ブライアンとアリスターの関係はすでにゲームとは全く違っていた。だから安心していたのに、最近になってアリスターが自身の評判を回復させる行動を見せ始めていた。

もしかしたら魔獣襲撃イベントを企てているのかもしれないと、そう危惧した私は狩猟大会当日の警備を強化し、何が起きても対処できるようにと準備していた。それなのに……。

突然空から現れた鷲型の魔獣が生徒たちに襲いかかり、ブライアンは狼型の魔獣の攻撃を躱しきれずに左肩から血を流している。

『どうしてっ？　このイベントは明日のはずなのに！　どうしてこんなところでっ！』

そんな状況が信じられずに、思わずそう声を荒らげていた。

結局、あの惨状を救ったのは事件の黒幕であるはずのアリスターで、ブライアンの怪我を治療したのはヒロインのルネであった。

(どうしてこんなことになっちゃったんだろう……)

窓の外、降り続ける細かい雨をじっと見つめながら考え続ける。

同じクラスのフィル・ロマーノ。多くの医師を輩出しているロマーノ家の次男で、彼がゲームに登場した記憶はなかった。

それなのに、なぜかアリスターの試験勉強を手伝い、ヒロインであるルネと共にお茶会に乱入し、ブライアンたちの発言を一刀両断して、そして……フィルの行動を思い返していると、耳元で囁かれた嘲るような彼の声が脳裏に甦る。

『何もしていないルネを退学まで追い込むとは、さすが悪役令嬢だな』

その瞬間、まるで胸を貫かれたかのような衝撃に思わず息を呑み、右手で胸元をぎゅっと押さえた。

(違う！　私は悪役令嬢なんかじゃない！)

心の内で否定の言葉を呟くと、胸の奥深くに沈めていたはずの感情がざわざわと蠢いた。

(どうして彼はあんな言葉を……？)

今にして思えば、私が悪役令嬢と呼ばれる役割であることをフィルが知っているのは、彼もまた前世の記憶を持っているからではないだろうか？

それならば、フィルは私と同じ転生者であるということになる。その記憶を頼りに、ヒロインのルネや悪役のアリスターの手助けをしていたのだろうか。

……わからない。わからないことや不確定なことが多過ぎて、不安が胸の内に渦巻いて苦しくなってしまう。

（どうして掻き乱していくの？　やっと幸せな気持ちになれたのに……）

入学式の日、ブライアンがルネに『二度と近づくな』と絶縁を宣言したその時……私の胸に巣食う不安な気持ちが溶けてなくなり、晴れやかな喜びの感情が広がった。

今までブライアンたちが贈ってくれたどの言葉よりも、それが私の心を救ってくれたのだ。

階段でヒロインと出会ってしまった時も、ブライアンは真っ先に私のことを心配して疑う素振りすら見せなかった。

ヒロインよりも大切にされているのだと明確に表現されることで、私は愛されていることをさらに実感していく。ヒロインを貶めれば貶めるほど、心が平穏で満たされていく。

なんて卑しい感情なのだろう……。

けれど、私はその感情を胸の奥深くに押し込めて、気付かない振りを続けてしまった。

（悪役令嬢になんてなりたくなかったはずなのに……）

あの魔獣の襲撃から二週間が経ち、長らく休校していた学園は無事に再開した。

しかし、久しぶりに登校する生徒たちの表情は皆どこか不安げで、あまり明るいとは言い難い雰囲気だ。

私も、二週間ぶりに皆に会える喜びと、怪我を負った友人たちを心配する気持ち、そして、これから何が起こるのかわからない緊張感……それらが綯い交ぜになったような、なんとも言えない気分のまま教室へと歩いていく。

この二週間は学園の生徒の誰とも連絡を取ることはなかった。王族も巻き込まれたこの事件には箝口令が敷かれ、怪我を負った友人たちに不用意に手紙を送ることも躊躇われたからだ。

もちろん、それはブライアンに対しても同じであった。

「カミーユ様、エマ様」

薄紫色のウェーブがかった長い髪を持つカミーユと、焦げ茶色の髪を一つに結ったエマ、前を歩く二人の女子生徒の姿を見つけて声をかける。

振り向いた彼女たちと挨拶を交わし、そのまま並んで歩いていく。

「お二人とも怪我の具合はいかがですか？」

彼女たちは、あの中庭のお茶会にも参加していた。

「幸い傷自体はそれほど深いものではなく、目立たない場所でしたので……」

「わたくしもです」

「そうでしたか。それはよかったです」

私は笑顔でホッと胸をなでおろす。

「アデール様もお怪我を？」

「いえ、私はクライブ様たちが守ってくださったので、有り難いことに怪我はありませんでした」

「そう、ですか……」

そう言ったカミーユの表情が一瞬だけ強張る。

（え？）

しかし、すぐに「アデール様にお怪我がなくてよかったです」と言って微笑んだ。

そのまま二人と会話を続けるうちに、先程の違和感はいつの間にか薄れていく。

「そういえば、ブリジット様は……？」

私の言葉に、カミーユとエマは互いに顔を見合わせる。そして、エマが口を開いた。

「ブリジット様は怪我の具合が悪いようでして、本日はお休みを……」

怪我をした生徒たちは、王城の医務局に勤務する光魔法の使い手たちによって治療を受けたと聞いている。それなのに、まだ具合が悪いという話に驚いた。

「それは心配ね……。そうだわ！　お見舞いに行くのはどうかしら？」

「え？」

もしかしたら、ブリジットを治療した光魔法使いの腕がイマイチだったのかもしれない。あまりに傷の具合が悪いようならば、別の光魔法使いを紹介するのもいいだろう。

そんなことを二人に提案してみるが、なぜだか彼女たちの反応が薄い。

どうしたのだろうと思っているうちに、二人はそれぞれの教室へと向かってしまった。仕方なく、私も自分のクラスの教室へと入る。

クラスメイトたちと挨拶を交わしながら窓際の席に視線を向けると、友人と会話をしているフィルの姿が視界に入った。と、私の視線に気付いたのか、フィルがその榛色の瞳をこちらに向ける。

途端に緊張で息が詰まるが、彼はまるで私のことなど興味がないように、すぐに視線を友人へと戻してしまう。

そこで授業の準備を促すチャイムの音が鳴った。皆が自分たちの席に向かうが、ブライアンもクライブもまだ教室には来ていない。

結局、授業が始まっても二人は教室に現れなかった。それどころか、昼休みにいつも皆で食事をする校内のカフェテリアに向かうと、多くの友人たち……魔獣の襲撃被害に遭った生徒たちのほとんどが欠席していることを知る。

(一体、どうしたのかしら?)

それに、なんだか私に対する皆の態度が、いつもと違ってよそよそしく感じられた。

落ち着かない気持ちのままようやく下校の時間となり、ワウテレス公爵家の馬車に乗る。

すると、御者からこのまま王城へ向かうことを告げられる。父であるワウテレス公爵から、急ぎ王城へ向かうようにと連絡があったというのだ。

ブライアンと過ごすために王城へ呼ばれたことは何度もあったが、このような緊急の呼び出しは初めてのことだった。本来ならばしっかりと正装をすべきところだが、今回は学園の制服のままで構わないそうだ。

王城へと向かう馬車の中、呼び出された理由がわからずに一気に不安に襲われる。

父からの伝言とはいえ、王城で話があるということは、王族のことで何かがあったということだろう。

『さすが悪役令嬢だな』

フィルの声が再び脳裏に甦る。

ゲームでの悪役令嬢アデールの最後は、ブライアンに婚約破棄を告げられて王都から追放処分を下されてしまう。そして、領地にある修道院で一生を過ごすことになるのだ。

（まさか……でも、そんなはずはないわ……）

ブライアンは、ヒロインが現れても変わらず私のことを愛していると言ってくれた。

（大丈夫……きっと大丈夫……）

今の私は、自分にそう言い聞かせ続けることしかできなかった。


王城に到着するとメイドに出迎えられ、その案内に付いていきながら広い廊下を歩いていく。

すると向かいから、私と同じように案内係のメイドを連れ、こちらに歩いてくる二人の姿が遠目に見えた。王城内で案内係のメイドが付いているということは、彼らが客人として呼ばれていることを意味しており、そのような相手に声をかけることはタブーだ。

私はすれ違う手前で、向かいから歩いてくる案内係のメイドの様子がおかしいことに気が付く。

顔を真っ赤にして、時折後ろの客人にちらちらと視線を送っているのだ。

王城に勤務しているメイドとしてのあるまじき行為に驚きつつも、つい私もその客人に視線を向けてしまう。

その瞬間、心臓が跳ね上がった。

艶やかな黒髪と、キラキラと輝く金の瞳に薄い唇……まるで精巧に作られた人形のような美しい顔立ちに目が離せなくなる。

すると、私の視線に気付いた彼がこちらに顔を向け、少し驚いたようにその金の瞳を大きくする。しかし、そのあとに向けられた冷たい視線と嫌悪を顕にした表情に、ぞくりと背中に悪寒が走った。

それは一瞬の出来事で、すぐにその彼は私から視線を外すと、そのまま何事もなかったかのようにすれ違って行ってしまう。

突然の出来事に頭の中が混乱する。初対面の相手からこのように露骨な敵意を向けられたのは初めてだった。

（初対面……？）

そう、初対面のはずだ。あんなに美しい顔の相手に会って忘れるはずがない。

しかし、なんとなく彼の顔に既視感を覚える。ずっと昔にどこかで見たような……。

そんなことを考えているうちに応接室の前に到着し、その扉が開かれると、愛しい彼の柔らかな声が響いた。

「アデール、久しぶり。元気にしていた？」

「……ブライアン様？」

現れたブライアンの表情は憔悴（しょうすい）しきっていて頬は少し痩せており、そこにはいつものような覇気が感じられなかった。

ソファに座るよう勧められると、すぐにメイドが二人分の紅茶を用意した。メイドは一礼をしてから退出し、部屋に二人きりとなる。

「あの、ブライアン様……どこか体調を崩されたのですか？」

「いや、傷も完治しているし、身体に異常はない」

しかし、どう見ても今の彼の様子はおかしい。

「何かあったのですか？」

「……アリスターが王弟の役目を辞退した」

「え？」

静かに告げられたブライアンの言葉に、私は驚きで目を丸くする。

「王位継承権を放棄することも視野に入れているそうだ」

「それは……」

そのあとの言葉が続かない。

ゲームでは王太子の地位を狙っていたアリスター。そんな彼から距離を取ることで、ブライアンは自身の地位と身の安全を守ってきた。

そのアリスターが王弟の役目を放棄したことは、ブライアンにとっては喜ばしいことのはずだ。それなのに、今のブライアンからは、まるで追い詰められているかのような雰囲気さえ感じられた。

沈黙が流れる。

すると、ブライアンが口を開いた。

「父上から私たち二人に話があると呼ばれている」

「それは、どのような……？」

「わからない。ただ、あまりいい話ではないだろう」

ブライアンのその言葉に心臓がドクドクと音を立てる。馬車の中で考えていたことが現実になってしまうのではと、目の前が暗くなっていく。

膝の上で両拳を握り締めていると、それを包み込むようにブライアンが自分の手をそっと重ねた。彼のアイスブルーの瞳が真剣味を帯びて私を見つめる。

「アデール。ずっと昔に君に誓ったことを覚えてる？」

「誓い……」

「そう。私は決して君を悪役令嬢にはさせない」


貴賓室にブライアンと共に足を踏み入れると、そこには国王、王妃、宰相、そして父であるワウテレス公爵が待ち構えていた。彼らのその張り詰めた表情から、ブライアンの言う通り悪い話であることが窺えてしまう。

そして、宰相からこれまでの経緯が説明された。

実は王立学園に帝国の第三皇子が通っていたこと、彼によってこれまでの生徒たちによるルネへの行いが全て魔石に記録されていること、その映像と引き換えにルネの名誉回復と帝国への引き渡しを求められていること……。

自分の知らぬところでそのような話があったことに驚くと共に、帝国の第三皇子の名前を聞いた瞬間……スマホ画面に浮かび上がるイラストと『追加ダウンロードコンテンツ配信決定』の文字が頭に閃いた。

そのイラストは、間違いなく先程すれ違った美しい黒髪金眼の彼の姿だった。

（そんな……まさか……）

もうすでに、ずいぶんと昔のものになってしまった前世の記憶を必死に思い起こす。しかし、まだ配信が決定したばかりの頃で、新たなキャラクターである彼については、名前とイラストしか発表されていなかった。

私が前世でプレイできなかったストーリーが動き出していたのかと、愕然としてしまう。

そんな私の動揺を置き去りに、宰相の説明は続いている。

「クレメント嬢を帝国に引き渡すことはこちらも同意したのですが、彼女の名誉回復の件がなかなか難しく……」

もう一度調べ直してはみたものの、やはりルネの経歴には問題はなかった。しかし、ブライアンの名誉も守らなければならないため、なんとかネイティール皇子に交渉を試みたそうだ。名誉回復としてルネには慰謝料を渡すこと、そして生徒たちに直接謝罪をさせることを提案する。

その中には、生徒たちの傷跡を直接ルネに見てもらうことで彼女の同情を誘い、あわよくば、そのままルネに治療を頼み込むという魂胆も多少含まれていた。

しかし、そんなこちらからの提案を一蹴したネイティール皇子から、新たな魔石の映像が提供されたという。

「それが、魔獣の襲撃を受けた直後の映像でした。そこにはワウテレス嬢が『このイベントは明日のはずなのに』と、発言されている姿が映し出されておりました」

「あ……」

心当たりのある自身の言葉に思わず声が漏れる。

「あれほどの襲撃でワウテレス嬢が無傷であったことも引き合いに出され、今回の襲撃にはワウテレス嬢が関与しているのではと仄めかされまして……」

その言葉に全身から血の気が引いていく。まさか、魔獣襲撃の犯人として疑われているなんて……。

(どうしてこんなことに？　私は魔獣襲撃になんて関わっていないのに！)

前世で何度も見た悪役令嬢アデールの断罪シーンが頭に浮かび上がり、恐怖が身体中を駆け巡っていく。

「父上、発言をよろしいでしょうか？」

そこにブライアンが口を挟んだ。

「ああ、言ってみろ」

「映像にあったアデールの発言は、魔獣の襲撃による混乱とパニックによるものです。彼女は翌日の狩猟大会の警備に心を砕いていましたから、そのような言葉が出てしまったのでしょう」

冷静なブライアンの言葉に、恐怖に呑まれそうになっていた私は目を見張る。

「それに、アデールが襲撃に関与していないことは、すでにお気付きなのでは？」

「……ああ。魔獣襲撃についてある程度は犯人の目星がついている。まだ確固たる証拠はないがな」

そのあとの言葉を王妃が引き継ぐ。

「犯人であるかどうかが問題ではないのよ。まるでアデール嬢が犯人であるかのような、疑わしい映像が存在すること自体が問題なの。これが公にされてしまえばどのようなことになるか……」

王妃の言葉を聞き、父の顔色がどんどんと悪くなっていく。映像が公になればワウテレス公爵家も無傷ではいられない。

「では、ネイティール第三皇子へお伝えください。ブライアン・マリフォレスが全ての責任を取ると」

ブライアンの言葉に、その場にいた全員が息を呑む。

「ルネ・クレメント男爵令嬢の名誉回復のため、王家から正式な声明を発表してください。そして、私の立太子の儀を取りやめる声明も……」

「ブライアン……あなた……」

「母上、これで私も無傷ではなくなりました。私のせいで傷を負った生徒たちの溜飲も少しは下がるのではないでしょうか？」

「………………」

「この方法ならば、私一人で全てが丸く収まります」

そして、ブライアンはワウテレス公爵に向き直る。

「アデール嬢を王太子妃にすることができず、申し訳ありません」

そう言って、ブライアンは深く頭を下げた。

「ブライアン様！」

信じられない言葉に、思わず大きな声でブライアンの名を呼ぶ。

すると、彼は何も言わずに、出会った頃と変わらぬ優しい笑みを私に向ける。

――私は愛しい彼の人生を犠牲にすることで、断罪される悪役令嬢の運命から逃(のが)れたのだった……。

七章
当たり前の世界

紅茶の入ったカップを持つ手が緊張で震える。ちなみに、この紅茶を淹れてくれたクレメント男爵家のメイドの手も震えていた。

それは、テーブルを挟んだ向かいのソファに座る彼の容姿のせいである。

艶やかな黒髪からは形のいい額が見え、弓なりの整った眉の下には金の瞳が強い光を放っている……そんな美し過ぎる彼がこちらを愉しげに見つめていた。

顔面国宝……そんな彼にぴったりの四字熟語が頭に浮かび上がる。

（な、なんでこんなことに……？）

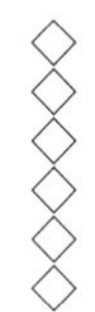

約三週間前、学園の中庭で魔獣襲撃事件が起きた。

なんやかんやで巻き込まれてしまい、魔力を使い切った私はそのまま自室でベッドの中の住人となる。

そして、学園は二週間の休校を決定し、私にはいくつかの問題が残されてしまった。

（私の退学どうなるんだろう……？）

お茶会でしっかりとブライアンから退学の言質を勝ち取ったのに、魔獣たちの襲撃のせいで忘れ去られているような気がしてならない。

学園や王城に確認を取りたくとも、事件については箝口令が敷かれてしまい、それもできないでいた。

そんな中、私の体調を心配したフィルが毎日のようにお見舞いに来てくれた。

正直、一晩ぐっすり眠っただけで魔力はすっかり回復していたのだが、フィルに会えるのも嬉しいし、彼が持ってきてくれるお菓子も美味しいし……つまり、二度おいしいので何も言わずに楽しい時間を過ごしていた。

学園を退学すれば、フィルとこのような時間を過ごすことは難しくなるだろう。

考えれば考えるほどに胸を締め付けられるような苦しさを感じていたが、私はそれに気付かない振りをして、残り少ないであろう二人の時間を楽しむ。

フィルによると、王城内がごたごたしているようだから、私の退学が決定されるのは少し先になるかもしれないとのことだった。

自分の進退が宙ぶらりんな状態なことに、なんとももどかしい気持ちになる。

そして、退学するならば、貴族令嬢として生きていくことは難しくなるため、クレメント男爵家にもそのことを伝えなければならない。

クレメント男爵家と私との関係は、簡単に言うとビジネスライクなものだった。

初めてこの屋敷を訪れた時、平民が貴族の養子となればどんな扱いを受けるのかと内心不安だった私に、クレメント男爵夫人は言ったのだ……。

『ルネさん。あなたは元平民だからといってこの家で遠慮することはないわ。なぜなら、あなたが我が家の養子となったことで国から補助金が貰えるの。つまり、あなたのおかげで我が家の家計は助かっている。だから、あなたにはこの家で堂々と振る舞う権利があるのよ』

その言葉通り、クレメント男爵夫妻もメイドたちも私を邪険に扱うことはなく、補助金の稼ぎ手として大切にしてくれた。

『ふふふっ。このお菓子は貰った補助金で買ったようなものだから、遠慮せずにたくさんお食べなさい』

『学園入学までにあなたを立派な淑女にすることが、補助金を貰える条件なのよ。ごめんなさいね』

時に優しく、時に厳しくも、立派な貴族令嬢として育ててもらったのに、途中でリタイア……補助金が打ち切られてしまうことを申し訳なく思ってしまう。

そんなすっきりしない気持ちのまま二週間が経ち、学園に登校する日の前日に『もうしばらく学園を休むように』という内容の伝令が王城から届けられた。

退学ではなく欠席を告げられたことを不思議に思いながらも、そのまま休むこと二日……今度は、まさかのブライアンから手紙が届いたのだ。

その手紙の内容は、ブライアンとアデールの二人が会って直接の謝罪をしたいというものだった。

一体、この二週間の間に彼らにどんな心境の変化があったのだろう……。それとも謝罪と見せかけた罠なのか？

それからさらに三日後、今度はクレメント男爵家に、ザイトニア帝国の第三皇子の来訪を告げる先触れが届いたのだ。


そして現在、クレメント男爵家の応接室には私とネイティール第三皇子、そして、彼の座るソファの後ろには、ネイティールと同じ黒髪金眼の性別不詳な従者が控えている。

（この顔面は……どう考えてもゲームのキャラクターだよね？）

ブライアンたちもかなりのイケメンだったが、ネイティールの容姿はそんな彼らよりも頭一つ飛び抜けていた。

テーブルを挟んでいるとはいえ、ここまでの美形が向かいに座っているとものすごく落ち着かない。芸能人やアイドルのように画面越しで鑑賞したり、ライブのステージと客席の距離感がちょうどいいのではないかとすら思ってしまう。

「突然の来訪に驚かせてしまって申し訳ない」

「い、いえ……」

「実はこの三週間、クレメント嬢の処遇について、僕とこの国の王族とで話し合いをしていたんだよ」

「え？」

この国の王族はともかく、なぜネイティールが私の処遇の話し合いに……？

そんな疑問が思いきり顔に出てしまったのか、彼が話題を変えてくる。

「君は、僕のことを知ってる？」

「ええ、お名前は存じております」

「じゃあ、僕が君と同じ王立学園に通っていたことは？」

「ええっ？」

あまりのことに淑女らしからぬ声をあげてしまった。

こんな美形が学園に通っていれば、かなりの話題になるはずだ。それなのに、噂にすらなっていないということは……。

「まあ、少し変装をしていたんだけどね」

そう言って、ネイティールの口元が笑みの形を作る。

（やっぱり！　隠れ攻略対象者だ！）

以前、もっさりしていた頃のフィルが隠れ攻略対象者で、彼を変装した第三皇子ではないかと疑ったことがあった。

結局、フィルへの疑いは晴れたので、そのまますっかり忘れ去っていた設定だったが、疑う相手を間違えていただけで設定自体は生きていたらしい。

「だから、僕は君のことを知っていた。立場上、ただ見ていることしかできなかったんだけど、さすがに今回のブライアン王子の行動は目に余るものがあったから……。それに、君が退学を申し出たと聞いて、それならばと介入することにしたんだ」

「そうだったんですね。ありがとうございます」

そこで、はたと気が付いた。彼は隠れ攻略対象者なのに、当て馬ヒロインの味方をするのはおかしくないだろうか。

しかし、ネイティールは学園でのブライアンたちの行いを王家に告発し、私の名誉回復を訴えたと説明を続けた。どうやら、彼が私の後ろ盾となって、私に有利な状況になるよう交渉してくれていたらしい。

なぜか、ネイティールだけは転生悪役令嬢ではなくヒロインの味方のようだった。

「だから、ブライアン殿下が謝罪をしたいだなんて言い出したんですね」

「彼がクレメント嬢に謝罪を？」

手紙のことを話すと、ネイティールは私の顔をじっと見つめる。

「それで、君はどうするつもりなんだい？」

正直なところ、もう関わりたくないというのが本音だった。ただ、それを正直にネイティールに告げていいものかと迷ってしまう。

すると、ネイティールが愉快そうにその目を細めた。

「なるほど。彼らに関わりたくないんだね」

「え？」

「すごくわかりやすく顔に出ていたよ」

「…………」

私はどんな表情をしていたのだろうか。

「クレメント嬢は、彼らに言いたくても言えなかった言葉はない？」

「それは……あります」

めちゃくちゃある。山のようにある。思いっきり悪口を言いたい。

「謝罪を受け入れるためじゃなく、彼らに君の気持ちを伝えるために会ってみたら？　それと、ブライアン王子たちはもう君に手を出せないから、安心して罵詈雑言を浴びせてくればいいよ」

「ええっ？」

それほどまでに、ネイティールの後ろ盾は強力なのだろうか。しかし、彼が告げたのは、全く別の理由だった。

「君のその特別な能力についての話になるんだけど」

「特別……？　もしかして、傷跡が消えるっていうあの……」

地味な能力のことだろうか？

「そう。唯一無二の素晴らしい能力のことだよ」

「…………」

人によって捉え方は様々らしい。

「先日の魔獣襲撃事件で多くの生徒たちが身体に傷を負い、その傷跡が残ってしまったからね」

「あ……」

あの鷲型の魔獣フレスベルグの鋭い嘴や爪を思い出す。

あんなもので攻撃を受ければ、光魔法で傷を塞いでも傷跡はどうしても残ってしまうだろう。

そして、傷跡が残ってしまった生徒たちは私の特別な能力を知り、どうか傷跡を治療してほしいと王家に嘆願書を提出した。そこにネイティールが待ったをかけ、そのままの状態が続いているのだと説明される。

やっと、私がダラダラと過ごしていたこの三週間に何があったのかを理解した。

どうやら、多くの貴族が私の能力を必要としているらしい。

「君の能力を求めているのは、あのお茶会に参加していた生徒たちばかりだ……。君にあれだけのことをしておいて、能力だけを利用するのは納得できなくてね」

「…………」

「けれど、それは僕の意見だから。当事者である君の意見を尊重したいと思っている」

そう言いながら、美しい金の瞳がひたりと私を見据える。

「私の意見は……うーん、微妙ですね」

「微妙？」

「はい。彼らにされたことを許す気持ちは今のところありませんので、これから仲良くしましょうと言われたら絶対にお断りです。かといって、傷跡を見てざまあみろという気持ちは……まあ、ゼロではないですけど、一生傷跡で苦しめとまでは思わないです」

「…………」

「だから、これから執着されたりするのも嫌なので、これで縁が切れるのならば別に治療をするのは構わないですよ」

もっと慈悲の心を持ったヒロインであればよかったのだが、凡人の私は、もう退学するのだから余計な縁は断ち切ってしまいたいという思いのほうが強い。

「そもそも、私の能力で傷跡だけを消せるのかもわからないですし……」

今まで光魔法を使ってきたのは、傷を負ってすぐの状態のものばかりだった。そのため、一度傷が塞がってしまっている傷跡に対しては、効果があるのかどうかすらもわからない。

「なるほど。ちょうどいい実験台になるな……」

「…………」

右手を口元に添え、何やら考え込むような表情のネイティールからぼそりと不穏な言葉が聞こえた気がする。

私は何も聞こえなかった振りをして、すっかり冷めてしまった紅茶を口にした。

紅茶のおかわりを頼むためにメイドを呼ぶと、先程とは別のメイドが現れた。その顔面は真っ赤に染まっており、額にはうっすらと汗が光っている。

きっとメイド同士の壮絶な争いの末、見事このおかわりの役目を勝ち取った猛者が彼女なのだろう。

「実はこれが一番の本題になるんだけど……」

熱に浮かされたような表情のメイドが退出したあと、ネイティールはそう切り出した。途端に、私は何を言われるのかと身構えてしまう。

「君さえよければ、うちの国に来てもらえないだろうか？」

「え？　……ザイトニア帝国にですか？」

「ああ。我が国にとっても光魔法使いは貴重な人材なんだ。しかも、君はそれ以上に素晴らしい能力を有している。ぜひとも我が国の医務局に所属してほしい」

まさかのヘッドハンティングだった。

「君の能力があれば多くの帝国民が救われる。皆が君のことを称え、羨望の眼差しを向けることになるだろう」

「そう……ですか……」

ネイティールは褒めてくれているのだろうが、あまりピンと来ずに中途半端な相槌(あいづち)をしてしまう。すると、彼の後ろに控えていた黒髪金眼の従者がネイティールに何やら耳打ちをする。

軽く咳払いをしたネイティールが再び私を見つめた。

「それと、帝国の報酬は、この国の医務局で支払われる初任給の倍は確約できるよ」

「そうなんですね！」

急にものすごくピンときた。

「ちなみに帝国の医務局の福利厚生は……？」

「週休二日制で別途リフレッシュ休暇も取得可能。騎士団の遠征などに付き添わなければならないこともあるけど、こちらも帰還後に特別手当や特別休暇も用意されている。住む所は王城の敷地内に医務局の寮があるし、条件を満たす家であれば家賃補助も申請できる」

「なるほど……。実は以前からザイトニア帝国にものすごく興味があったんです」

実際は今ものすごく興味が湧いたのだが、時差なんてたいした問題にはならないだろう。

「じゃあ、帝国に来てくれる？」

「……行くとすればいつ頃になりますか？」

「そうだね……。今すぐにでも構わないし、僕の留学が終わる時期に合わせてもいいかな」

ネイティールの留学は一年間だけの予定だったらしい。

（フィル先輩が卒業するのと同時くらいか……）

学園を退学すればフィルと会うのは難しくなる。けれど、ザイトニア帝国に行けば、もう偶然に会うことすらできなくなってしまう。

会えなくなることに違いはないけれど……。

悩む私に、ネイティールは一つの提案をしてくれた。

「僕の留学が終わるまで、このまま学園に通うのはどう？」

「え？　でも、退学は……？」

「君の退学はまだ正式には受理されていないから、今年度いっぱいは学園に通い、残り二年をザイトニア帝国に留学するという形を取ることもできるんだ。ただし、学園に通う間はこちらから護衛を付けさせてもらうことになるけど」

そう言って、後ろに控えている従者に目配せをしている。

「もう一度学園に……」

「そう。君には大切な友人がいるんだろ？　それなら、きちんと思い出を作ってからお別れをしたほうがいい」

その言葉に、裏庭のベンチと眼鏡の奥の榛色の瞳を思い浮かべる。

「ネイティール殿下にも大切な友人はいますか？」

ふと、そんな質問をネイティールに投げかける。

彼も留学を終えれば帝国に帰らなければならない。友人と離れるのが辛いからこそその言葉なのかと思ったのだ。

「あー……僕はあまり人付き合いが得意ではなくてね……」

しかし、ネイティールはそう言いながら苦笑いを浮かべている。

「そうなんですね。得意じゃないなら無理に友人を作らなくてもいいと思いますよ」

余計な質問をしてしまったと、慌ててそのようにフォローの言葉を伝える。

すると、ネイティールはその金の瞳を大きく見開き……そのままクスクスと笑い始めた。なぜか、後ろに控えている従者も笑っている。

何かとんでもないことをやらかしてしまったのかと、得意の謝罪の言葉を繰り出す。

「失礼な発言をお許しください」

「いや、気にしないで。……君と友人になる道のりは長そうだと思ってね」

「………?」

ネイティールの言葉の意味はよくわからなかったが、これ以上失礼な発言を重ねることがないように、無言のまま微笑むことで誤魔化しておいた。

◇◇◇◇◇◇

広く豪華な応接室、テーブルを挟んだ向かいのソファには、ブライアンとアデールが並んで座っている。対する私の後ろの壁際には、黒髪金眼のネイティールの従者が控えていた。

謝罪を公の場で行うことを私が拒否したため、このような場所をネイティールが用意してくれたのだ。

しかし、ネイティールは自分が同席すると話しづらいだろうからと、「この従者は口が堅いから安心して」と言って、自身の従者を残して退室してくれた。

部屋の中に漂う重苦しい空気の中、先に口を開いたのはブライアンだった。

「ルネ・クレメント嬢。君に対しての数々の非礼を謝罪したい。本当に申し訳なかった」

「申し訳ございませんでした」

そう言って、ブライアンとアデールが頭を下げる。

久しぶりに見た彼らは、ずいぶんとやつれた顔をしていた。

そして、なぜ私に対してこのような仕打ちをしたのかを説明し始める。

「このような話は信じてもらえないとは思うのだが……。実はアデールには未来を予知する能力があるのだ」

その予知能力によって、私がブライアンたちを惑わす未来が視えた。だから、あのような態度を取ってしまった……と、そのような言葉を連ねていく。

ちなみに、私はここまで一言も喋っていない。

そんな私の態度を怒っていると受け取ったらしいアデールが口を挟んだ。

「私がシナリオを変えようとしなければ、こんなことには……」

「アデール、君のせいではない」

アデールの美しい瞳からぽろぽろと涙が零れ落ち、ブライアンが気遣うように声をかける。

「ルネさん。本当は、あなたとブライアン様が結ばれるシナリオ……つまり、運命だったの。でも、私はブライアン様を愛してしまった」

「………」

「ごめんなさい。だから……運命を捻じ曲げてでも、ブライアン様の側にいたかったの！」

「アデール……」

ブライアンだけが感激したような表情を見せている。

(ほらぁ。こういうのが始まるから会いたくなかったんだって)

私はうんざりとした気持ちになる。そして、いつまで経っても、彼らにとって私は当て馬のままなのだと再認識する。

本当は、ネイティールの言う通り罵詈雑言を浴びせようかとも思ったのだが、それすらも当て馬っぽい行動な気がしてやめた。

それよりも、彼らに言わなければならない言葉がある。

「大丈夫ですよ。私はゲームのように殿下たちを攻略するつもりはありませんから」

「え？」

二人の動きが止まり、目を見開いてぽかんとこちらを見つめている。

そして、私の言葉の意味を理解したアデールが少し震えた声で問いかけた。

「ま、まさか……あなたも？」

肯定の意味を込めてアデールに頷き返し、そのまま言葉を続ける。

「ですから、私と殿下が結ばれる運命なんてありません」

きっぱりと言い切った私に唖然とする二人。

「嘘よ……」

「いや、嘘じゃないですよ。そもそも、私は誰とも関わっていませんし」

会話も接触もなく、どうやって攻略するというのだ。

「だって……あのミサンガ……」

「え？」

「ブライアン様の色のミサンガ……。あなたが作ったものでしょう？　だから、私はあなたがブライアン様を選んだのだと……」

(ブライアンの色……？)

私はしげしげとブライアンの金の髪とアイスブルーの瞳を眺めて……。

「ああっ！　アリスター殿下に作ったミサンガですね！」

「は？」

よくよく考えれば、ブライアンの髪と瞳の色はアリスターと被っていた。だから、妙な誤解が生じてしまったのだろう。

「あ、アリスター……殿下？」

「そうです。せっかく作ったのになくしちゃって」

あれ？　なぜなくしたミサンガのことを知っているのだろう……？

まさか、監視でもされていたのだろうか。人のプライベートを覗き見するなんて最低だ。

「アリスターだと？　そんな言い訳は……」

「言い訳じゃないですよ。私とアリスター殿下は友達ですから」

フィルを取り合うよきライバルでもある。熱き友情だ。

「ブライアン殿下の怪我の治療だって、アリスター殿下に頼まれたから引き受けたんですし」

「…………」

その言葉に思い当たる節があったのか、ブライアンは黙り込む。

そのまま気にせず、私は説明を続けていく。

「たしかに、前世はゲームでブライアン殿下のルートを選んでいました。でも、途中でやめてしまったんですよね」

「途中で……？」

「はい」

「まさか、ゲームをクリアする前に亡くなってしまった……とか？」

「いえいえ、自主的にやめたんです。ブライアンルートが合わなかったので」

「え？」

「本人を前にして言うのもアレなんですが、全く好みじゃなかったんですよね。なんか甘ったる過ぎて……。王子様なのはわかるんですけど、跪いてばっかりだし……」

ブライアンの表情が引きつっている。

加えて、ブライアンのルートを選んだ理由も、とりあえずメインヒーローから攻略していくか！　くらいの軽い気持ちだったこと、そして、そのままゲームそのものをやめてしまったことも説明する。

「それで、実際に会ってみたら、さらに最悪だったわけですし。初対面であんな暴言を吐く相手に恋心なんて持てませんよ。どれだけ自意識過剰なんです？」

「………」

——ああ、やっと言えた。

当て馬ヒロインから解放されるためにずっと望んでいたこと……それは、私がブライアンに全く興味がないとわかってもらうことだったのかもしれない。

だって、私はぶっきらぼうだけど面倒見がいい、背が高くてとびっきり普通の塩顔眼鏡が好きなのだから。

「そんな……嘘よ……」

アデールが震える声で呟いている。

「だったら、ブライアン様は……私はなんのために……」

「なんのためにって、自分のためでしょう？」

「っ！」

「自分の立場を失うのが嫌だったから、私を排除しようとした。そして、私を悪者にすることで絆を深めていったんでしょう？」

アデールの青い瞳が揺れる。しかし、私はそんな彼女から目を逸らすことなく、じっと見つめ続ける。

まさか、自覚していなかったとは言わせない。

私は階段事件でアデールが見せたあの時の笑みを思い出す。

「ですから、これからはもう私を巻き込まないでください！　愛し合うなら二人で勝手にどうぞ！」

言いたいことを言い切った私は、そのままソファから立ち上がる。

アデールはその瞳から涙を零していたが、もうブライアンはなんの言葉もかけていなかった。

ただ、無言のまま……しかし、その表情からはごっそりと何かが抜け落ちてしまっている。

そんな二人に背を向けて、私は振り返ることなく部屋から出ていった。

今日は久しぶりにフィルがクレメント男爵家へと足を運んでくれた。

私はテーブルを挟んだ向かいのソファに座るフィルの顔を眺めている。

（ああ、落ち着く……）

ネイティールの芸術品のような顔立ちは素晴らしいと思うが、私はやはりフィルの普通の顔のほうが落ち着くから好きだ。

「おい、なんでそんなにじろじろ見てくるんだ？」

「フィル先輩の顔のほうが落ち着くなぁって……」

「それ、絶対褒め言葉じゃないやつだろ？」

フィルが疑わしい目でこちらを見つめ返してきて、慌てて目を逸らしてしまう。

急に見つめられると心臓に悪いじゃないかと心の中で苦情を言いながら、私は思いきり話題を変えた。

「フィル先輩、どうして最近は来てくれなかったんですか？」

「……ちょっといろいろ忙しかったからな」

学園が始まってからも放課後には顔を出してくれていたのに、ここ最近はぱったりと会いに来てくれなくなっていたのだ。

すると、今度はフィルが少し改まったような口調で話題を変えた。

「それで、お前のほうはどうなったんだ？」

「ついに当て馬ヒロインを卒業しましたよ！」

私はドヤ顔で、アデールたちとの関係を終わらせたことを報告する。フィルはそんな私をこれでもかと褒めてくれた。

そして、このタイミングで私は自身のこれからについて話し始める。

「それで、ザイトニア帝国へ行くことになりました」

「そうか……。いつだ？」

あまり驚いていない様子のフィルを不審に思いつつ、そのまま言葉を続ける。

「まだ調整中なんですけど、おそらく半年後には……」

「それならよかった」

「え？」

「俺も半年後にはザイトニア帝国だ」

「ええ――っ！」

あまりに信じられない発言に、つい大声が出てしまった。

「うるさいぞ」

「だって……えー……だって、そんな」

私の反応にフィルはなんだか満足そうな表情を浮かべている。対する私はまだ混乱の渦中にいた。

だって、フィルは学園を卒業後、王城の精神科医（カウンセラー）に弟子入りする予定だったはずだ。そのことを指摘すると、ザイトニア帝国の別の精神科医（カウンセラー）に弟子入りすることが決まったと、あっさり返されてしまう。

「ネイティール皇子が推薦状を用意してくれたから、すんなり通ったよ」

その手続きなどのために、ここ最近の放課後は忙しくしていたそうだ。

こんな卒業ギリギリで進路変更……しかも、他国へ行くなんて、理由は一つしか思い浮かばない。

「もしかして……私のため、ですか？」

「……まあな。だけど、それだけじゃない。この国よりもザイトニア帝国のほうが精神科医（カウンセラー）は一般的で民にも根付いている。そっちのほうが学べることが多いと俺が判断したんだ」

その返事を聞いて、私は一気に血の気が引いてしまう。

「それでも、この国を離れるって考えたのは私のせいですよね？　そんな……私みたいな一患者のために、人生を左右する大切なことを決めちゃダメですよ！」

「は？」

私の渾身（こんしん）の叫びに、フィルは顔を歪めて固まった。そして、信じられないものを見るような目をこちらに向けてくる。

「お前は……ここまでしても、まだそんなことを言っているのか？」

「え？」

「なんのために毎日ここに来ていたと思っている？」

「それは……私の体調を心配して、お見舞いに……」

「見舞いは最初の一回だけだ。そもそも、お前とっくに治ってるだろ」

「ええっ？」

まさか、仮病がバレているとは思わなかった。

「ああ、お前は鈍感だったな……」

そう呟くと、フィルは深い深いため息を吐く。

鈍感なのはゲームのルネだと言い返したかったが、今は言えるような空気ではない。

「患者の様子を見に来ているわけじゃない。お前に会いたいから来てるんだよ！」

「え？　でも、私のことカウンセリングの練習台だって……だから声をかけたって」

「……半分だけだって言ったはずだ」

「………」

そういえば、私に声をかけた理由は精神科医（カウンセラー）としてかとフィルに聞いたとき、半分は当たりだと答えていた。

「じゃあ、残りの半分は……？」

「顔がものすごく好みのタイプだった」

「顔……」

まさかの理由……しかし、たしかに私の顔は可愛い。当て馬だが、きちんとヒロイン仕様の顔になっている。

「それで声をかけてみたら、思っていたのとは違ったけれど喋ると面白くて、くるくる変わる表情はいくら見ていても飽きない。俺のこの火傷の跡を見慣れると言ってくれたのも嬉しかった。俺のことを素直に慕ってくれている姿はめちゃくちゃ可愛いし、お前が困っていたらなんとしてでも助けて守ってやりたくなる」

フィルの想いが込められた数々の言葉が私の胸を打ち、突然のことながらも心臓がドキンドキンとうるさいくらいに高鳴っていく。

「これがお前を好きになった理由だ。……まだまだあるけど聞きたいか？」

「も、もう十分ですぅ……」

そう言いながら、私は熱く火照った顔を両手で覆って俯いた。

こんなにストレートな告白をされ、もう恥ずかしいやら照れくさいやらで完全なるキャパオーバーだ。

フィルはソファから立ち上がると、そんな私に歩み寄り……その場に跪く。

「それで、返事は？」

「………」

「俺はちゃんと言ったぞ。ルネの気持ちも聞かせてほしい」

フィルのその言葉に、私は顔を両手で覆ったまま深く息を吸い込む。

「あ、あの……私も、フィル先輩と離れちゃうのが寂しくて……」

「うん」

「その、これからも一緒にいられたらいいなって、ずっと思ってて……」

「それで？」

「わ、私もフィル先輩のことが好きです」

ついに言ってしまった……。

きちんと言葉にすると、なんだか胸の内側からじわじわと熱が膨らみ、フィルへの気持ちをより実感してしまう。

「ルネ、顔を隠すな」

「恥ずかしいんです！　察してください！」

「でも、俺はルネの顔が見たい」

「………」

「顔を見せてくれ」

優しいフィルの声音にそろりと両手を下ろし、火照ったままの顔を上げる。

そんな私をフィルが愛しげに見つめていた。

「なあ、触れてもいいか？」

「はい……」

フィルの右手がそっと私の左頬に触れる。まるでその触れられている部分だけが熱を持ったようだ。

「ルネが寂しくないように、これからもずっと側にいるから」

「はい……」

初めて聞くその甘やかさを含んだ声に、私は熱に浮かされたかのようにただじっとフィルの榛色の瞳を見つめる。

互いの視線が絡み合うとそのままフィルの顔が近づき、唇が重ね合わさる瞬間にそっと目を閉じた。

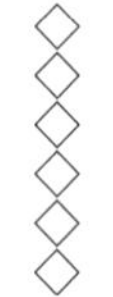

魔獣の襲撃事件から一ヶ月半が経ち、私は残りの約半年間だけ王立学園に通うことを決める。
そして、そのことをクレメント男爵夫妻に告げると、補助金が打ち切られてしまうことをい

たく惜しんでいたが、やはり王家の不祥事が招いたことだとして、補助金の代わりにいろいろと優遇してもらえることになったと喜んでいた。

それでも、補助金のように直接お金を貰うほうが、新しく事業を立ち上げたりと有意義な使い方ができるのではないかと思ったのだが……。

「ふふふっ、新しい事業を立ち上げて軌道に乗せるような才覚があれば、とっくに我が家は陸爵しているわ」

そんなないものねだりをするよりも、安定している事業に一枚嚙ませてもらえるほうが有り難いと言うクレメント男爵夫人の言葉に、ようやく安心することができた。

そして、ネイティールから、学園へ通うにあたっての条件である護衛を紹介してもらうことになる。

「このドロテが君の護衛に付くよ」

「ご挨拶が遅れました。ドロテと申します」

黒髪金眼の従者が笑顔で挨拶をする。

「ルネ・クレメントです。こちらこそ、よろしくお願いします」

挨拶を返しながらもドロテの姿をじっと観察する。初めて会った時からこの従者の性別がわからないままだったからだ。

声を聞けば判断できるかと思ったが、どちらの性別ともとれるハスキーな声で……やっぱりわからない。

そんな私の考えを見抜いたのか、ドロテは口元に笑みを浮かべたままさらりと言った。

「大丈夫です。こう見えて私はメスでして」

「メス……？」

「お互いメス同士ですから安心でしょう？」

なかなか変わった表現をされる。

「そ、そうですね」

たしかに同性のほうが、こちらとしても着替えやトイレなどは気を使わなくて済む。

「そういえば、おいくつなんですか？」

「人間でいうと二百歳くらいでしょうか」

「……お若く見えますね」

なるほど。彼女はこういった表現をするタイプの人なのだろう。

あれだ、キャラが立つ人なのだ。

たしか、前世でも自分の年齢が十万歳だと言っていた閣下がいた。さすが隠れ攻略対象者の従者、中身が平凡な当て馬ヒロインでは敵(かな)いそうもない。

そんなドロテを護衛として連れて、私は再び王立学園へと通うことになった。

昼休み、裏庭のベンチにフィルを真ん中にして三人で並んで座る。

この時間はフィルやアリスターが私の側にいるからと、ドロテには別の場所で休憩を取ってもらうことにしている。

フィルの右隣に座るアリスターは、私が休んでいる間にすっかり学園の人気者へと進化していた。

どうやら、ギャップ萌え作戦によってゆるやかに上昇していた評判が、魔獣襲撃事件の活躍により一気に上がったらしい。

そして、反対にその評判を落としたのはブライアンとアデールだった。

あの事件で狙われたのはブライアンで、それに周りの生徒たちが巻き込まれてしまったこと。そのせいで、多くの生徒たちの身体に傷跡が残ってしまったこと。その傷跡を治療できる私をザイトニア帝国に奪われてしまったこと……。

その他にも様々な要因が絡み合い、結果的にブライアンが責任を取る形で落ち着いた。

王家からは私の名誉を回復する内容の声明と共に、ブライアンの立太子の儀式を取りやめることが発表される。

立太子直前の出来事に貴族たちは震撼(しんかん)し、ブライアンとアデールの周りからは一気に人がいなくなってしまった。

今では、腫れ物を扱うかのように周りからは遠巻きにされており、彼らが築き上げた派閥は見る影もない。

残りの攻略対象者たちもブライアンの側近として長年扱われてきたので、居場所を失って浮いてしまっているようだ。騎士団長の子息は、魔獣襲撃事件の際にブライアンの護衛を怠った件で謹慎処分を受け、いまだに登校していない。

それでも、ブライアンとアデールは婚約を解消していなかった。

さすが、運命に逆らってでも愛し合う二人だなぁ……なんて思っていたのだが、偶然見かけた二人は妙によそよそしく、以前のような甘い雰囲気は微塵も感じられなかった。

しかし、それらはもう私には関係のないことだ。当て馬に頼らずに、自分たちで解決すればいい。

「じゃあ、アリスター殿下が王太子になるんですか？」

ロイヤルなマドレーヌを堪能しながら、素朴な疑問を投げかける。

「そんなの俺には無理に決まってんだろ」

「でも、順番通りならアリスター殿下ですよね？」

「まあ、そうなんだけど……。俺が王位に就くと、ややこしいことになりそうなんだよ」

アリスターの説明によると、これまでブライアン派の貴族たちに冷遇されていたアリスターが王太子になることで混乱が生じ、それに乗じて、よからぬ企みをする者が増えることが懸念されるらしい。

「そういうものなんですか？」

「実際に、今回の魔獣襲撃だってそのせいだったろ？」

「あー……」

つい先日、魔獣襲撃事件の首謀者と、その計画に加担した者たちが捕らえられた。

首謀者はシュルツ侯爵家。

アデールの生家であるワウテレス公爵家と敵対関係にあり、学園での評判が回復したアリスターに婚約話を持ちかけてきた家でもある。

ブライアンを亡き者にしたあとアリスターと娘を婚約させて、一気に勢力を巻き返そうと企んだようだ。

ある意味シュルツ侯爵家の企みは成功し、ブライアンを失脚させることには成功したが、魔獣襲撃事件の首謀者ということが明るみになり、結局は場を引っ掻き回すだけで終わってしまった。

ちなみに、この犯人探しにはネイティールが関与していたらしい。

（もしかして、それがネイティールルートのストーリーだったりして……）

隠しルートどころか、本編すらも途中でやめてしまった私にはわからないが、そんな可能性もあるのかもしれない……なんてことを考えてみる。

「それで、結局はどうなったんだ？」

フィルの問いかけに、アリスターは少し眉を下げながら答えた。

「継承順位を変更することになって、クリフトン叔父上が継承順位第一位に決まった。それで、叔父上の息子のデリックが第二位」

クリフトンとは現国王の弟である。つまりは王弟を中継ぎとして、まだ幼いデリックをこれから王太子として教育していくことになるようだ。

アリスターもデリックを支持することをすでに表明したという。

「それで……兄上は王位継承権を放棄した」

「…………」

「まだわかんねぇけど、おそらく一代限りの爵位と辺境の領地を賜って、そこで暮らしていくことになると思う……ワウテレス嬢がどうするのかは本人次第ってところかな」

アリスターは淡々とした口調だったが、膝に乗せたその手は固く握り締められている。

「アリスターの継承権はどうなった？」

「さすがに俺まで放棄することは認められなかったな。だけど、卒業したあとの第三騎士団への入団は認めてもらえたんだ」

「よかったですね！」

「ああ。今の俺ならいい広告塔になるって、キース副団長も喜んでくれてた」

嬉しそうに笑うアリスターを見て、ホッと胸をなでおろす。

「そういえば、最近いろんな奴から、あんたに取り次いでくれって頼まれるんだよな」

「え？　私にですか？」

「ああ。なんか傷跡を治療してほしいからって」

ネイティールには傷跡が残った生徒たちの治療を引き受けると伝えたが、じっけ……練習には準備がいるからと言われて、いまだに誰一人として治療をしていないし、そのことを告げてもいないようだ。

ネイティールがわざと治療を焦らしている気もするが、あえて私もそのままにしている。

「ご迷惑をかけてしまって、すみません」

「別にあんたが謝ることじゃないだろ？　それに、『傷跡が気になるんなら第三騎士団に入ったらどうだ？』って言えば、だいたいの奴が黙るから大丈夫」

そういえば、第三騎士団の団長の頬に大きな傷跡があったことを思い出す。

「第三騎士団の連中なんてしょっちゅう怪我してるからな」

「そうなんですね」

「ああ。それに、誰が一番かっこいい傷跡かを競い合ったりしてるんだ」

「かっこいい傷跡？」

「そう！　一番人気なのは、やっぱり片目だけに付けられた傷跡かなぁ。眼帯も着けられるしさ！」

「たしかに、それはなかなかいいな」

まさかのフィルが興味を示した。

ちなみに、一番不人気だったのが、小鬼（ゴブリン）にお尻を噛まれてしまった時の傷跡らしい……。

そういえば、アリスターは出会った頃からフィルの火傷跡には全く触れていなかったが、第三騎士団で見慣れていたのでなんとも思わなかったのだろう。

私はちらりとフィルの火傷跡に目を遣る。

「ん？　どうした？」

「いえ、フィル先輩のその火傷跡も、いつか私が治してあげられたらいいなぁって……」

そう言うと、フィルは驚いたように少しだけ目を見開き、そして柔らかく微笑んだ。

「この火傷跡……まだ気になるか？」

「いえ、別に。もう見慣れちゃいましたし」

「じゃあ、治す必要はもうないだろ？」

「え？　でも……」

あんなに気にしてたのに？

「ルネが気にならないなら、俺も気にならないから」

「そ、そうですか」

そのまま、フィルの甘やかな視線に絡め取られ、頬がじんわりと熱を帯びる。

まあ、フィルが必要ないと言うのならそれでもいいかと思い直す。

「なあ、俺を忘れていちゃつくなよ」

すると、フィルの右隣から低い声が聞こえる。

「いちゃついてなんていませんよ！」

「今、完全に二人の世界だったぞ。どうせ二人で帝国に行くんだから、もっと俺との時間を大切にしてくれたっていいだろ」

アリスターが拗ねてしまった。

「俺だけ置いてけぼりなのに……」

「アリスター、悪かった」

「でも、恋人との時間も大切なんですよ」

「それは帝国で二人の時に勝手にやれよ」

「学生の間にしかできないことだってあるんです」

「ふーん、例えば？」

「えーっと、制服デートとか……」

「じゃあ、放課後カフェに行くか？」

「はい！」

「あ、俺も行きたい」

「だから、制服デートなんです！」

「俺……友達と放課後にカフェって行ったことないんだよな」

「うっ……それは卑怯ですよ」

そんなふうに騒いでいると、ふと視線を感じた。

裏庭のいつもの木の上に、尻尾をダラリと下げた黒猫が微睡んでいる。

前世の記憶を突然思い出し、わけがわからないまま当て馬ヒロインとして振り回され続けた日々だった。

結局、ゲームをプレイしていない私には、これがエンディングを迎えたのかどうかすらわからない。

でも、それが当たり前なんだと思う。

これからも私はこの世界でたくさんの人に出会い、悩んだり怒ったり楽しんだりしながら生きていくのだろう。

それに……。

アリスターを宥めているフィルにちらりと視線を送る。

当て馬でもヒロインでもなく……ただのルネとして、この攻略対象者でもスパダリでもない、とびっきり素敵なフィルとの時間を重ねていくのだ。

番外編
第三騎士団緊急会議

マリフォレス王国の王都の中心街を抜け、さらに南へ進んでいくと飲食店ばかりが軒を連ねるエリアに辿り着く。

客層が貴族ばかりの中心街とは違い、このエリアは王都で暮らす庶民向けの店ばかりで、そのほとんどが昼間は食堂を営み、夜は酒場へと姿を変える。

そんな飲食店がずらりと並ぶ通りの一角に『ミミズク亭』はあった。

値段の割に料理の味もボリュームも申し分ないこの店は大変繁盛しており、楽しそうに酒を飲みながら大きな声で会話をする客たちと、そんな騒がしい声に負けじと声を張り上げながら注文を取る店員で、店の中は活気に溢れている。

そして店内の一番奥にある個室の中、木で作られた大きな円卓を屈強な身体の男たち……第三騎士団の団員たちが囲んでいた。

俺、ウォルト・コスカも第三騎士団に所属する一人であり、団員の中には俺のような平民も少なくない。

だから気楽に食事ができるようにと、団員同士で飲みに行く時はこのエリアで個室のある飲食店を選んでいる。

乾杯の合図でジョッキをぶつけたあと、円卓の上に並べられた肉やパスタ、グラタンなどの大皿料理を、各々が好きに取り分けて自分の皿へとうつしていく。

俺も訓練後でかなり腹が減っていたので、遠慮なく料理を皿に取りフォークを向けた。

「ウォルト、お前肉ばっかだな」

同期の団員である緑髪のブレントが、俺の皿の上に載せられた山盛りの肉を見ながら呆れたような口調で言った。

「だって、肉が一番高くてうまいじゃん」

そう答える俺は、子供の頃から肉料理は高級品だというイメージがあり、出てくれば一番に手を付けてしまう。

対するブレントは男爵家の三男ということもあり、このような店であっても食事をする際には貴族特有の上品な仕草が見え隠れしていた。

貴族と平民……本来ならば、このように気軽に会話をすることなどあり得ないのだが、俺たちが所属する第三騎士団は唯一平民を受け入れている騎士団であり、団員同士は無礼講が認められた特殊な環境だった。

しばらくは他愛ない雑談をしていたが、濃い茶色の髪を後ろに撫でつけ、深緑の瞳を持ち左頰に大きな傷跡のある男……バージル団長が皆に声をかけた。

「さて、今日集まってもらったのは……アリスターについて皆からの意見を聞きたいからだ」

アリスターとは、この国の第二王子の名前だ。

なぜ、王族であるアリスターのことを団長は敬称も付けずに呼び捨てにし、このように平民も交じった団員たちに意見を求めるのか……。

それには、さらに特殊な事情があった。

◇◇◇◇◇

それは五、六年前のことだ。

ある日、バージル団長が金髪にアイスブルーの瞳を持つ子供を引き摺って訓練所に現れ、『これからこいつも訓練に参加するから』と、言い放った。

その子供の服装はどう見ても高位貴族の上等なそれで、話し方ひとつ取ってもどことなく気品が漂っている。何よりも、この国の王族のみが持つ金髪とアイスブルーの瞳の色から、この子供がどのような存在なのかは一目瞭然だった。

戸惑いまくる団員たちに、バージルは睨みを利かせながら『王族だからって特別待遇はするなよ』と、逆に恐ろしい注文までつけてくる。

さすがに他の団員たちと全く同じように接することはできないが、アリスターを優遇することなく訓練に参加させることになってしまった。

(なんでこんな奴が訓練に参加してんだよ……)

その時の俺は、第三騎士団の正規団員として認められたばかりの頃だった。

いくら平民を受け入れているとはいえ、王城勤務の第三騎士団は狭き門だ。

必死に努力を重ねてようやく入団できたとしても、そのあとには訓練生としての地獄の日々が待っており、そこでも篩にかけられる。

そうして、ようやく正規団員として認められるのだ。

それなのに、目の前のアリスターが、いとも簡単に第三騎士団に仲間入りしている様子が面白くなかった。

王族がこんな所に来る必要なんてないだろうと思う気持ちが、余計苛立ちに拍車をかける。

しばらくして、そんな自身の考えをキース副団長へと訴えたのだが……。

「アリスター殿下が我が騎士団へと足を運んでくださるおかげで、第二王子の護衛と鍛錬を名目とした予算を新たに組んでもらえることになりましたので……無理ですね」

そう言ってあっさりと断られてしまう。

「いや、でも、アリスター殿下がいると皆も気を使うし、士気も下がるっていうか……」

なおも食い下がる俺に、キースの冷たい視線が刺さる。

「そんなことよりも、第三騎士団に分配される予算のほうが優先事項に決まっているでしょう？　……いいですか、どれだけの予算が組まれるかによって我々の武器や防具の性能……つまりは、討伐の成功率に影響を及ぼします。たった金貨一枚の差が、団員の命に関わるかもしれないんですよ」

「…………」

「だから私はアリスター殿下（このよさん）を今更手放すつもりはありません」

キースは淡々とした口調できっぱりと告げる。

後（のち）に知ることになるのだが、キースが副団長の任についているのは、予算をぶんどる能力を買われてのことだった。

そのせいか、王城の財務部の連中にはずいぶん煙たがられているらしい。

結局は俺の中でモヤモヤとした気持ちは燻り続け、ついにはそれをアリスター本人へと向けてしまった。

他の団員と会話をしているアリスターとのすれ違いざまに、聞こえるか聞こえないかぐらいの声量で舌打ちと共に悪態をつく。

「チッ……偉そうな口調で喋りやがって」

その瞬間、ピクリとアリスターの肩が揺れる。

第三騎士団では先輩に対して敬語を使うことはあっても、貴族特有の言い回しを団員同士ですることはなかった。

しかし、王族であるアリスターだけは別だ。だから、それが誰に対しての言葉であるかはすぐに気付いたのだろう。

（今思えば、ほんっとにやばかったな……俺）

当時の自分の器の小ささと視野の狭さと性格の悪さに、その場でのた打ち回りたくなる。

それに、王族であるアリスターに悪態をつくなんて、不敬罪で訴えられても文句は言えない。

それなのに、翌日も訓練所に現れたアリスターは……。

「よ、よう！」

「え？」

「今日も皆よろしく頼む……いや、よろしくな！」

「…………」

昨日の俺の嫌味を真に受けて、自身の言葉遣いを直してきたのだ。

それからは、懸命に言葉遣いを俺たちに合わせようとするアリスターに徐々に絆（ほだ）され、彼の立場の難しさや辛さを知り、アリスターが遊びではなく本気でこの場所を必要としていることを理解した。

少し時間はかかったが、今では俺を含めた団員皆がアリスターを仲間だと認識している。

◇◇◇◇◇◇

「最近元気がないアリスターのことを、気にしている奴も多いだろ？」

バージルが皆を見渡しながら話を続ける。

王立学園での魔獣襲撃事件をきっかけに、第二王子であるアリスターを取り巻く環境が一気に変わった。

そのおかげで学園卒業後の第三騎士団への入団が認められたことを喜んでいたはずなのに、近頃のアリスターは元気がなく、その理由を本人に尋ねていいものかと俺もヤキモキしていた。

「それで、アリスターから無理やり聞き出してみたんだが、どうやら大切な友人が近いうちに帝国へ行ってしまうらしい」

「それってもしかして……？」

「ああ。おそらくはルネ・クレメント嬢のことだろう」

ルネ・クレメントとは、魔獣襲撃事件の際にアリスターやブライアンの傷を完璧に治療した令嬢の名前だ。

たまたま狩猟大会の警備の最終確認のために学園所有の森にいた俺たちは、アリスターが発動した緊急信号のおかげですぐに駆けつけることができた。

そこで、彼女の稀有な能力を目撃することになったのだが……。

「たしかに、アリスターとクレメント嬢は親しそうでしたね」

「アリスターからお菓子を貰ったとか言ってたよな？」

「それなら間違いないな」

他の団員たちが次々に意見を述べる。

アリスターは親しくなった相手と喜びを共有したいタイプらしく、俺たちにもお気に入りの菓子を振る舞うことが多々あった。

俺は甘いものが好きではないが、アリスターの期待に満ちた眼差しに断ることができないまま今に至っている。

「じゃあ、クレメント嬢が帝国に行くということですか？」

今度は俺がバージルに質問をする。

「そのことについてはキースからも確認が取れているから、間違いはないだろう」

「キース副団長から……？」

「あいつの実の姉がクレメント男爵夫人なんだ。そこからの情報だからたしかなはずだ」

「へぇー、そうなんですね」

他の団員たちの反応を見るに、キースとクレメント男爵夫人が姉弟であることをすでに知っている者もいたようだ。

俺もキースが貴族で子爵家の次男であることは知っていたが、詳しい家系や家の繋がりまではさっぱりわからない。

ちなみに今日の飲み会にキースは不参加だ。基本的にキースは討伐成功の祝勝会など、公費で飲み食いできるものにしか参加しない。

「つまり、クレメント嬢が帝国に行ってしまうから、アリスターはあんなにも落ち込んでいると？」

「そういうことだ」

バージルが深く頷いた。

「あの、それって……本当に友人なんですか？」

今度は俺の隣に座るブレントが声をあげる。意味ありげなその発言に、俺は思わず疑問を口にした。

「学年は違うみたいだけど同じ学園なんだし、知り合うきっかけもあるだろ？」

「いや、そういう意味じゃなくって……」

俺の言葉に、ブレントは真剣な表情を作る。

「クレメント嬢はアリスターのことを友人として見ているのかもしれないけど、アリスターは違うんじゃないかってことだよ」

「それって、もしかして……」

「なるほど……恋か」

俺の言葉をバージルが引き継いだ。

「たしかに、クレメント嬢って可愛らしい顔してたよな！」

「あれならアリスターが好きになるのもわかるわ」

「あいつ、ああいうのがタイプだったんだな」

「そっかぁ……ついにアリスターも恋なんてする年齢になったんだな……」

「いいなぁ！　俺も学生時代に戻りてぇよ！」

　皆が口々に感想を述べながら、自然にジョッキを傾けだした。

「ってことは……アリスターは遠距離恋愛になるのか？」

「うわぁ……それは辛いだろうに」

「いや、待て待て！　そもそも恋人同士なのか？」

「あ！　そっか、アリスターの片思いってこともあるのか……」

「それは、俺たちが応援してやらねぇとな！」

「あの時みたいにアドバイスしてやろうぜ！」

　あの時とは、アリスターが王立学園に入学する際に、皆で格好よく見える制服の着方をアドバイスしてやった時のことだ。

「待て待て待て！　アリスターはあくまでも友人だって言い張ってるんだろ？　だったら、アドバイスもさりげなくするべきじゃないか？」

「たしかになぁ……下手に片思いを指摘したら拗（こじ）れそうだもんな」

「あれぐらいの年齢（とし）の男は繊細だからな。ああ、俺もあの頃に戻りてぇ……」

「よし、皆でさりげなくアリスターの恋を応援してやろうぜ！」

　それからも俺たちは酒を飲みながら、アリスターの恋を成就させるべく様々な案を出し合った。

「フィル、よかったらこれ……貰ってくれないか？」

「花……？　急にどうしたんだ？」

「いや、友達に花を渡すのが流行ってるって、騎士団の皆に教えてもらったんだよ」

「そ、そうなのか？　ありがとう。……いい香りだな」

「だろ？　今朝咲いたばかりのやつを庭師に切ってもらったんだ」

「うわぁ！　キレイですね！　私にはないんですか？」

「あんたに花渡してもたいして喜ばないだろ？　ほら、あんたにはこっち」

「あ！　これは……フィナンシェ！　いい匂いがする～」

「ちゃんとフィルにもわけてやれよ！」

「はーい！」

「そうだ、今度の休みって暇か？」

「特に予定はないが……」

「じゃあ歌劇（オペラ）なんてどうだ？　バージル団長から、友達と行ってこいってチケット貰ったんだよ」

「私も行きたいです！」

「悪いな、二枚しかないんだ」

「えー……行ってみたかったなぁ……」

「……ルネはアリスターと二人で行きたいのか？」

「ち、違いますよ！　そういう意味じゃないですから！」

「ちょっ、俺を睨むなよ！」

「もちろんフィル先輩と行ってみたいですよ。そういえば、休日にお出かけデートってしたことなかったですよね？」

「そうだな。今度、休日に王都をいろいろ回ってみるか？」

「はい！」

「あ、俺も行きたい！」

「だから、休日デートなんです！」

「俺……友達と休日に遊んだことってないんだよな」

「うっ……だから、それは卑怯ですよ」

書き下ろし番外編

これからの二人

「フィル先輩！　お待たせしました！」

クレメント男爵家の玄関ホールに、彼女の明るい声が響く。

今日はルネと『休日デート』の約束の日だ。アリスターが一緒に行きたいと駄々をこねたが、あいつとは先週末に二人で歌劇に行ったのだからと、今回は遠慮してもらった。

ルネは馬車の中ですら楽しそうにはしゃいでいる。

その姿だけで、俺とのデートを楽しみにしてくれていたことが伝わり、自然と口角が緩む。

(可愛いな……)

そう、ルネは可愛い。めちゃくちゃ可愛い。

外見はもちろんだが、その仕草や表情も含めて全てが可愛いと思う。

だが、それらを言葉にしてしまうと大いに引かれてしまうこともわかっていた。

ルネは、甘ったるい愛情表現をするゲームのブライアンが苦手だったと常々言っていたからだ。

ルネに告白をした時はあまりにも俺の気持ちが伝わっていなさ過ぎて、はっきり言葉にしなければダメなのだと、つい勢いよくルネへの想いを口にしてしまった。

結果、ルネとは恋人になれたのだが……いや、恋人になれたからこそ、彼女の好みから外れる行動はなるべく避けたかった。

「今日はどこに行くんですか？」

ルネがその大きな瞳でこちらをじっと見つめる。

俺は軽く咳払いをして、可愛いという言葉を飲み込んだ。

「いつもは学園の近くばかりだからな。今日は西地区に向かうつもりだ」

「西地区！　行ったことないです！」

予想通り、ルネはその瞳を輝かせる。

ルネは王都の中心街を出たことがないと言っていた。だから、初めての場所に連れ出せば、きっと喜んでくれると思ったのだ。

そのまましばらく馬車に揺られ、西地区に到着すると馬車から下りて街を散策する。

「中心街とは雰囲気が違いますね」

中心街はまさに貴族の街だ。

しかし、西地区には貴族だけでなく、王都に暮らす平民も利用する店が立ち並ぶ。

大通りの両側には様々な露店が軒を連ね、客を呼び込む店員の声が響く。休日である今日は、特に人が集まり活気に溢れていた。

そんな人混みの中、ルネは物珍しそうにキョロキョロと視線を動かしながら歩いている。

「おい、ぶつかるぞ」

「はい！」

ルネはいつも返事だけはいい。

すると、向かいから歩いてきた二人組の青年がルネを見て顔を赤らめている。すれ違いざまにルネの顔にちらりと視線を送る男や、少し離れた場所からじっと見つめている奴もいた。

……そう、ルネは可愛い。

それは俺だけが思っているのではなく、純然たる事実としてルネの顔立ちはとても愛らしいのだ。

学園ではブライアンたちのせいで、入学早々にルネの悪評が広まった。そのため、いくらルネが可愛くとも、近づこうとする男はほとんどいなかった。

しかし、一歩学園の外に出てしまえば、ルネの魅力に大勢の男が惹かれてしまう。

「ルネ、危ないから手を……」

俺はそう言いながら返事も待たずにルネの右手を取ると、突然手を繋いできた俺に、彼女は驚いた表情になる。

とてつもなく心が狭い自覚はあるが、可愛いルネをふらふらと一人で歩かせたくはない。

ルネはそんな俺の手をぎゅっと握り返し、こちらを見上げて少し恥ずかしそうに笑う。

(あー、可愛い……)

ちょっと抱きしめてもいいだろうか？

俺は心を落ち着かせるため、少し俯きながら眼鏡を右手の指で押し上げる。

それからは、ルネと手を繋ぎながら様々な露店を見て回った。

「腹が減ってきたな……」

「そうですね！　私もちょうど同じことを思ってました！」

先程から食べ物を売る屋台ばかりをちらちらと見ていたルネにそう声をかけてみると、彼女は待っていたとばかりに弾むような声で返事をする。

相変わらず、ルネの考えていることはわかりやすい。

どこか店に入ってもいいが……。

しかし、ルネの視線の先にはバゲットサンドの屋台が。

「せっかくいい天気なんだ。この辺りで何か買って、そのまま外で食べるか？」

「いいですね！」

俺たちはそれぞれ好みの具材が入ったバゲットサンドを買って、空いたベンチに並んで座る。

「こんなふうに大口を開けて食べるのは久しぶりです」

ルネは嬉しそうな声でそう言うと、ガブリとバゲットサンドに齧（かじ）り付いた。

元平民だった彼女にとって、貴族の作法は煩わしく感じることも多かったのだろう。幸せそうにもぐもぐと口を動かす姿は、なんとなく小動物を思わせる。

（なんでこんなに可愛いんだろうな……）

このまま永遠（とわ）に見つめていてもいいだろうか？

俺は湧き上がる煩悩(ぼんのう)を押さえ込むため、ひたすらバゲットサンドを咀嚼することに集中する。

そのせいか、あっという間に食べ終えてしまった。

隣のルネはまだもぐもぐと口を動かしている。

そんなルネの口の周りに、ソースが豪快に付いていていた。

「おい、付いてるぞ」

「…………？」

こちらを向いたルネの唇の端に親指を軽く押し付け、ソースを拭い取ってやる。

「子供みたいだな」

俺はそう言いながら、自身の親指に付着したソースを舐(な)め取る。

すると、ルネがその目を見開き、驚愕の表情でこちらを見ていることに気が付いた。

（あ……）

しまった……。

それは、ルネが話していたブライアンルートでの街デートイベント。

カフェでヒロインがケーキを食べていると口元に生クリームが付いてしまい、それをブライアンが指で拭ってそのままパクリと食べる。そして、『ふふっ。甘いね』と言いながらいたずらっぽい笑みを浮かべるそうだ。

その辺りで限界が来て、前世のルネはゲームをやめてしまったらしい。

ソースと生クリーム、そしてセリフに違いはあれど、俺がやったことはそんなゲームのブライアンと全く一緒だった。

「あ……、悪かった。……飲み物を買ってくるから、ここで待っていてくれ」

俺は居た堪れない気持ちになり、一旦その場を離れることにする。

(……やってしまった)

無意識とはいえ、ルネが嫌がることをしてしまった。

それに、ゲームのブライアンと行動が被ってしまったことも何気にショックがデカい。

「はぁ……」

知らずにため息が漏れる。

どうもルネを前にすると、自分自身を制御できなくなってしまう。

「ふぅ……」

大きく深呼吸をして気持ちを切り替える。

思えば、俺もルネとのデートに浮かれていたのだろう。これ以上は醜態を晒さないよう落ち着かなければ。

それから果実水を二つ買って、ルネの待つベンチへと戻ったのだが……。

(誰だ……？)

年の頃は二十代後半だろうか。肩までの明るい茶髪を一つに結い、琥珀(こはく)色の瞳に眼鏡をかけた男が、ベンチに座るルネに声をかけている。

ルネはそんな男に警戒していた様子だったが、二言三言喋るうちに人懐っこい笑みを浮かべた。

ルネは、自分はヒロインだから顔は美少女だと言いながらも、自身の外見についてはどこか他人事というか、疎いところがある。

だから、周りの男が自分をどのような目で見ているのか……それに、全く気付いていない。

「ルネ！」

俺は彼女の名を呼び、ルネに話しかけていた男に鋭い視線を向けながら近づく。

「あ！　フィル先輩おかえりなさい」

しかし、ルネは危機感のないのんびりとした口調で答える。

「……この人は？」

俺の問いに、ルネが答えるよりも先に男が名を名乗る。

「キース・ガルシアと申します。偶然、ルネさんを見かけてお声をかけました」

ガルシア……たしか、子爵家の……。

「ガルシア様は第三騎士団の副団長だそうです」

「え？」

ルネの言葉に、目の前の男の顔をまじまじと見つめる。言われてみれば、魔獣襲撃事件の時にこの少し神経質そうな顔を見かけた気もする……。

そして、よくよく話を聞いてみると、キースはクレメント男爵夫人の弟だという。ルネも今日初めて知ったそうだ。

「姉からルネさんのお話をよく聞いていましたので……。可愛い娘と補助金が手に入ったと喜んでおりましたよ」

「そうなんですね！」

ルネが嬉しそうに返事をする。

「それと、アリスター殿下が第三騎士団に入団できるよう尽力してくださったこと、直接お礼を伝えたかったのです」

「そんな……」

「彼を立派な広告塔に育ててくださり、ありがとうございました。これから存分に有効活用していきますので」

そう言って、キースは微笑んだ。

「はぁ……」

キースが去ったあと、俺はベンチに座り本日何度目かのため息を吐く。

「ナンパ野郎じゃなくてよかった」

「騎士団の制服を着ていないとわかりませんよね」

隣に座るルネは果実水を飲みながら呑気に笑っている。

「ルネ、一人にして悪かった。でも、もうちょっと警戒したほうがいい」

「警戒……ですか？」

「ああ。知り合いを装って近づいてくる奴だっているんだからな」

「わかりました！」

いい返事だが、逆にものすごく不安になる。

「お前は可愛いんだから、そういった目で見てくる奴が大勢……ああ、もう、俺がずっと側で見ててやれたらいいのに……」

「え？」

ルネの驚いた声に、俺は失言をしてしまったことに気が付いた。

「悪い。また……」

「あの、さっきもですけど、どうして謝るんですか？」

ルネが不安げな表情をする。

「だって、こういうのがダメなんだろ？」

「ダメ……？」

「ゲームのブライアン殿下と同じような、甘ったるいのが苦手だって言ってたから」

「あ……」

俺の説明のあと、ルネは少し呆けた表情をし……すぐにその頬を赤く染めた。

「ルネ?」

「いえ、あの、苦手なはずだったんですけど……さっきのフィル先輩の指ペロはなかなかの破壊力だったというか……」

「指ペロ?」

それは指で拭ったソースを舐めたことだろうか。

「だから、フィル先輩の……好きな人のは、ちっとも嫌じゃなかったんです」

「っ!」

俺は信じられない思いでルネを見つめる。

「嫌じゃなかった?」

「……はい」

「無理してるわけじゃないよな?」

ルネは無言のまま、こくりと頷いた。

「じゃあ、もう我慢しなくてもいいってことか……」

「我慢してたんですか?」

「ああ。ルネのことを可愛いって言葉にするのも、ずっと見つめていたいのも、抱きしめたいのも、キスしたいのも、全部我慢していた」

ルネが目を丸くする。

(そうか、我慢しなくてよかったのか)

好きな人なら嫌じゃないというルネの言葉が嬉しくて、喜びがあとからじわじわと湧き上がる。

「ルネ……」

俺はすかさず隣に座るルネとの距離を詰め、彼女の指にするりと自分の指を絡ませる。

ルネの身体がびくりと跳ねた。

「あ、あの、近いです」

「ルネ、可愛い」

至近距離でルネの顔を見つめながら告げる。

途端に、ルネの顔がみるみる羞恥に染まる。

「ここは外ですよ!」

「ああ」

「他の人に見られるのは、さすがに恥ずかしいです!」

「……」

たしかに、恥ずかしがっているルネの表情を他の奴らに見せたくない。

「わかった」

そう言うと、ルネはホッとしたような表情になる。

「今まで散々我慢したんだ。帰りの馬車まで我慢するくらいどうってことない」

「か、帰りの馬車……？」

「誰にも見られない場所ならいいんだろ？」

「え？」

口をぽかんと開けているルネがやっぱり可愛くて、俺は彼女の耳元でそっと囁く。

「ルネ、可愛いよ」

あとがき

はじめまして、ヒラヲと申します。

この度は『ヒロインに転生したとはしゃいでいたら、実は転生悪役令嬢が主役の世界だった』を読んでいただき、ありがとうございます。

私は転生悪役令嬢ものが大好きなのですが、今回はそんな世界を当て馬ヒロイン視点で書いてみました。

当て馬ヒロインに転生してしまったルネですが、悲嘆に暮れることなく、適度に手を抜きながら生きていくのが彼女らしいですよね。

そんなルネを囲む男性キャラクターたちが王道のままだと、転生悪役令嬢ものと変わらないなぁ……と思いまして、顔を隠したヒーローの素顔は普通で、第二王子とは謎の三角関係になり、イケメン皇子の正体には気付かないまま、という結果になりました。

彼らとルネのやり取りを書くのがとても楽しかったです。

そして、フィルは決してイケメンなスパダリではありませんが、最初から最後までずっとルネを側で支え続けてきました。

間違いなく彼はヒーローです。

逆に書くのが難しかったのは、ウェブ版の読者様からは『相談女とバカ殿』、担当編集様からは『当たり屋』と呼ばれていたアデールとブライアンでした。

アデールのように善意に溢れていた人が、どのような時に悪意を人に向けるのか……。

それは、自分の居場所を奪われそうになった時なんじゃないかな？　という考えを元に作り上げたキャラクターです。

ヒロインを敵視することで、アデールとブライアンたちは絆を深めていったはずなので、ルネにはずっと敵のままでいてもらわないと困るんですよね。

その辺りを書くのが本当に難しかったです。

そして、本作はくろでこ先生にイラストを描いていただきました。

フィルの顔立ちは理想通りですし、ルネの前髪可愛すぎで、アリスターは着崩していても高貴さがあって、ネイトの美少年っぷりは間違いなかったです！

キャラデザと表紙イラストで担当編集様と大いに盛り上がりました！

素敵なイラストを本当にありがとうございます。

最後になりましたが、この作品の本質をがっちり摑んで支えてくださった担当編集様、書籍化に携わってくださった全ての皆様、そして、この本を読んでくださった皆様とウェブ連載時から応援してくださった皆様、全ての皆様に心から御礼申し上げます。

本当にありがとうございました。

また、どこかの作品でお会いできますように。

この本を読んでのご意見・ご感想・ファンレターをお待ちしております。
〈宛先〉　〒104-8357　東京都中央区京橋 3-5-7
　　　　　（株）主婦と生活社　PASH! ブックス編集部
　　　　　「ヒラヲ先生」係
※本書は「小説家になろう」（https://syosetu.com）に掲載されていたものを、改稿のうえ書籍化したものです。
※この作品はフィクションであり、実在の人物・団体・法律・事件などとは一切関係ありません。

ヒロインに転生したとはしゃいでいたら、
実は転生悪役令嬢が主役の世界だった

2024年4月15日　1刷発行

著　者	**ヒラヲ**
イラスト	**くろでこ**
編集人	**山口純平**
発行人	**殿塚郁夫**
発行所	**株式会社主婦と生活社** 〒104-8357　東京都中央区京橋 3-5-7 03-3563-5315（編集） 03-3563-5121（販売） 03-3563-5125（生産） ホームページ　https://www.shufu.co.jp
製版所	**株式会社二葉企画**
印刷所	**大日本印刷株式会社**
製本所	**下津製本株式会社**
デザイン	**小菅ひとみ（CoCo.Design）**
編集	**髙柳成美**

　ISBN978-4-391-16211-0